KB065616

문학과지성 시인선 579

아이들 타임

조시현 시집

문학과지성사

문학과지성 시인선 579
아이들 타임

초판 1쇄 발행 2023년 2월 7일
초판 3쇄 발행 2024년 8월 20일

지은이 조시현
펴낸이 이광호
주간 이근혜
편집 윤소진 김필균 이주이 허단 방원경 유하은
마케팅 이가은 허황 이지현 맹정현
제작 강병석
펴낸곳 ㈜문학과지성사
등록번호 제1993-000098호
주소 04034 서울 마포구 잔다리로7길 18(서교동 377-20)
전화 02)338-7224
팩스 02)323-4180(편집) 02)338-7221(영업)
대표메일 moonji@moonji.com
저작권 문의 copyright@moonji.com
홈페이지 www.moonji.com

ISBN 978-89-320-4123-0 03810

문학과지성 시인선 579

아이들 타임

조시현

시인의 말

슬픔에는 구간이 없는데
어떻게 악보를 옮겨 적지요?

2023년 2월
조시현

아이들 타임

차례

시인의 말

1부
해가 세 번 뜨는 디스토피아

해가 세 번 뜨는 디스토피아*

달도 가짜라는 소문 들었어
그저 조명등일 뿐이지만
그래도 네가 편안한 밤 보내면 좋겠다
도죠 요로시꾸 셰셰

반대합니다 반대합니다 반대합니다
거대한 스크린에 나타난 아저씨가 자꾸만 반대한다
무엇에?
반대에

야 또 해 뜨잖아 더워 죽겠는데 오늘 대체 몇 번째야
뭘 바라는 거야 우리한테
저따위로 큰 걸 누가 만든 거야 왜
문명 어떡해 문명

기도합시다
힘을 모읍시다
국제적 재난 상황에 한마음 한뜻이 되어 서로를 감싸
고 보호합시다

하나님 다 안배하신 뜻이 있어서

아저씨는 닥쳐
안 그래도 다 좆같았어
좆같은 건 죽을 때가 됐어
이 세상에 영원한 건 없다

오지상을 쳐부수자
규칙 법칙 혁명
그러니까 박사님
지금까지 지구가 이렇게 이상했던 게
다 저 태양에서 전자파가 나왔기 때문이란 거죠?

내가 그럴 줄 알았어
모두가 저마다의 최선을 다할 뿐인데
노력하는데
이런 세계가 나쁠 리 없잖아?
이유 없이 죽일 리 없잖아?
이유 없이 죽진 않잖아?

누군가 발 뻗고 자는 동안
누군가는 죽을 리가?

알겠냐 오지상아
뭘 봐 씨발새끼야 배때기를 갈라버린다

미친 태양
미친 지구
미친 미친 미친 사람들

이렇게 섬세하게 엉망일 리 없다고 오래전부터 생각해
왔어
　　역사를 공부했어
　　공전을 공부했어
　　사냥했어
　　왜?

명령 기계
예민한 오르골

장인이 만든 시계
멋진 멋진 멋진 우주

반대합니다 반대합니다 반대합니다
무엇에?
미친 오지상

니네들이 만든 미친 세카이

암탉이 아홉 번 울고 알을 세 개 낳으면
사람은 세 개의 계란 요리를 만들어
세 번의 아침을 먹겠지

암탉이 울면 망한다면서
암탉 덕분에 먹고살면서

아침이 많아져서 좋아
밤이 많아져서 좋아
어디서나 기쁜 사람들

규칙을 버리지 못해 지구를 떠나거나
태양이 뒤집어져도 변하지 않거나
하루 세 번 산책하는 강아지

멋져 세카이 사랑해 세카이

밤이 되었습니다
마피아가 죽을 사람을 고릅니다
의사가 살릴 사람을 고릅니다
아침이 되었습니다
경찰이 마피아를 잡지 못했습니다
실패했습니다
선량한 시민이

더 자주 더 많은 밤이 오고
어차피 밤을 넘기는 법 이야기밖에 나는 몰라서
천 일 동안 계속할 거야
밤에도 아침에도 계속할 거야

내일은 더 멋진 시를 들려줄게
모레는 더 더

더 많이 더 자주 밤이 와도
우리를 구했던 것은 언제나 이야기
펼치고 펼치면 달에는 가겠지

스위치를 끄고 어둠 속으로 사라질 거야
깨지기 쉬운 밤
더 더 더 많은 밤

어차피 난 맨날 외계인 같았어

그래서 이 시를 멈출 수 없어

* 2444년, 태양이 고장 났다. 수명이 다 된 형광등처럼 미친 듯이 번
  쩍여대기 시작했던 것이다. 2019년 처음으로 관측된 별인 양조성
  근처에 대기하던 조시현 박사의 태양계 관측 로봇 파랑새가 태양
  가까이 접근하였고 마침내 태양이 거대 기계일 뿐이라는 사실을

밝혀냈다. 지구의 하루 역시 철저히 조작된 것이었다. 며칠 뒤 마치 누군가가 갈아 끼운 것처럼 태양은 본래의 모습을 되찾았지만 지구인들은 기계의 통제를 받아 하루를 시작하고 하루를 마무리하는 것을 도저히 견딜 수가 없었고, 결국 지구를 이탈하기로 마음먹었다. 태양을 설치한 자를 찾는 것이 첫번째 목표였다. 설치자의 의도를 알 수 없어 지구인들은 불안에 떨었다. 정체가 발각된 태양은 더 이상 거리낄 것이 없다는 듯, 24시간 세 번 떠오르기 시작했다. 사람들은 태양을 미친 기계라고 부르기 시작했다. 시간은 망가졌다. 지구를 떠나는 대신 태양을 터트리자고 주장하는 축도 있었다.

아이들 타임*

보고 싶어, 엘리노어
이렇게 조용한 지구를 상상해본 적 있어?
인쇄된 글자처럼 쓸쓸해

내가 죽었다는 사실이
내게 너무 늦게 전해지는 건지도 몰라

손바닥만 따뜻해지는 불 앞에 모여 앉아서

가늠되지 않는 오후 속에서
후, 후 숨 쉬는 연습을 하고 있어

재를 터는 것처럼
뜨거운 것을 부는 것처럼

열기가 불행을 미뤄주는 것처럼
우리가 잠깐 잡았던 손처럼

끝난 것의 끝을 기다리면서

오래 헤어지는 연애를 하는 것 같다

불행하지 않아
자 따라해봐
불행하지 않다

지구가 버퍼링에 걸린 것 같지

빌린 책은 마지막 두 장이 잘려 있었어
나는 영원히 결말을 알 수 없는 사람이 됐다

이봐, 로드리게즈
앞주머니에 뭐가 들었나?
잠겼어

하지 못했던 말이 생각나서
밤새 이불을 찼다

망가진 건 천천히 정확해져서

별이 많다

너무 밝은 건 인공위성이라고
만화책에서 봤어

네가 죽을 때까지 내려다볼게
떠나면서 너는 그렇게 말했지만

엘리노어, 정말로 보고 있어?

아무도 태우지 않은 전철이 이 시간이면 지나가
같은 자리를

성냥은 그으면 꺼지고
그으면 꺼져서

뭐가 변하고 있는지 잘 모르겠어
왜 처음 겪는 불행도 익숙한 걸까?

사람 키우는 게임을 했지
집을 짓고 직장을 구하다가 정말로 사는 모습 같아지면
일시 정지하고 섹스를 했다

이렇게는 살지 말자고

무서운 표정
벌써 다 자라서 부서진 사람의 얼굴
그래서 우린 눈을 감았나 봐

이런 표정은 유전자에 이미 있었던 걸까?
때가 되면 밖으로 나오는 걸까?
네가 뭘 더 알고 있는지 궁금했다

게임으로는 언제든 돌아갈 수 있었지
얌전히 서 있던 사람들에게 다시 일을 주고
집을 짓게 했지

너를 상상해, 엘리노어
하얀 옷자락을 펄럭이면서
둥둥 떠다니겠지

가끔 거기 있는 것 같아
네 눈으로 나를 보는 것 같아
그럴 때면 나는 너무 작은 점이고

그러면 덜 가엾고
따뜻해

정적 속에서는 모든 게 직선으로 이어지겠지
순환선처럼

엘리노어,
너는 미래의 시간에 살고
나는 과거의 빛을 보지

여기 있어

여기 있어

어떤 말들은 이제 알 것 같다

오늘도 전철이 지나가
같은 시간에

너의 아이는 어떤 표정을 짓는 어른이 될까

엘리노어, 아직 보고 있어?

* 2888년 지구에서 발굴된 일기장으로 2500년대에 쓰인 것으로 추
  정된다. 글씨가 매우 비뚫고 군데군데 얼룩이 져 있어 일부는 추측
  으로 메웠다. 기록자는 지구의 거의 마지막 생존자로 보이며, 때문
  에 기록은 상상으로밖에 채울 수 없었던 지구의 마지막을 복원하
  는 일에 매우 귀중한 사료가 되었다. 기록자가 도시 빈민이었기에
  적절한 때 우주로 떠나지 못했을 것이라고 연구가들은 덧붙인다.

코끼리 그리기

1
손을 맞잡고 대성당을 그리는 두 남자에 대한 이야기
를 읽었다*

문은 닫혀 있다
섬광처럼

창 기둥 카펫 굵은 밧줄
나는 그때도 알 것 같았어

기도

그리고 코끼리라고 부른다

네가 그리는 것이 문인지 창문인지 알 수 없고
그러나 빛이 스며들고 있다는 것을
보았거나 그냥 믿었다

심장을 그리지 않아도

살아 있다는 것을 안다

기도문은 모르지만
원하는 것을 말하기 위해 먼저 긴 감사가 필요했다
그러면 신은 짐승의 기도를 어떻게 알아듣나요

나는 가여워서 울고
너는 거룩해서 운다

어느 고대국가에선 마음에 들지 않는 신하에게 코끼리
를 선물했대
　희고 커다란

2
손가락 그림자를 늑대라고 믿은 적 있고
그럴 때 빛은 모래 먼지 같았다

내장은 뜨겁고

생각은 온도를 알 수 없다

그래서 여기는 무슨 색으로 칠할 거니

고불고불한 복도를 상상하는 동안
음악이 새어 나오고
네모난 것은 전부 문이라고 믿었던 때도 있었다

엎드려 죽은 사람들

기도를 모아 말린다면
한 알 삼킬 수도 있겠지

틈으로 그림자가 움직여서
누가 있다는 것을 알았다

코끼리는 무덤을 찾아 떠나고
몸을 낮춘 늑대가
뒤쫓는다 우리가

간신히 하나의 그림을 완성할 동안
열쇠는 그리지 않는 동안

두드린다

두드린다

멀리서
낮은 울음소리가 들린다
거의 음악 같은
열리지 않는

3
빈방에서 주크박스가 돌아가고 있다

* 레이먼드 카버, 「대성당」

섬

　불우한 자매들이 둥글게 모여 불을 지핀다 굵고 얇은 나뭇가지들이 두서없이 타고 있다 어떤 것에는 나뭇잎이 있고 어떤 것에는 없다 있는 것은 조금 더 죽는 것인지 생각하며 길게 자란 손톱을 문지른다

　언니는 알을 품고 있다 오래도록 부화하지 않은

　사는 법에 골몰하지 않기로 결심했다 미쳤다는 뜻이다 자매들은 알을 낳았다 굴렸다 깨진 알들이 어떻게 되었는지는 함구했다 우리가 버려진 거냐고 묻자 우리는 살고 있다는 대답이 돌아왔다 자매들은 저마다의 낮을 보내고 밤이 되면 모인다 각자가 모아 온 가지를 지핀다 마른 팔뚝 같은 가지들이 오그라든다

　섬은 불우함에 전염되었다 해변은 자주 붉다 언젠가 언니는 내 목을 졸랐다 나는 언니를 물어뜯었다 자매들은 밤마다 엉겨 붙어 서로를 위로한다 모르는 몸에 흔적을 새기고 음영을 익힌다 몰라 예의 따윈 몰라 그런 건 없다

26

바닥은 축축하다 부서진 껍질들을 모아 알을 만들었다
크고 작은 틈으로 빛이 샌다 복원되지 않는 불우한, 그것
을 굴리면서 논다 새들이 섬의 외곽을 따라 앉아 있다 파
도에 발이 젖어도 움직이지 않고 이쪽을 본다 새까만 눈
에 아무것도 비치지 않는다 나는 자라는 중이고 언니는
대체로 무관심하다

알은 잘 태어나고 또 곧잘 떨어지고 잘 죽고 소란스럽
다 우리도 꽉 차 있는데 이렇게
　안에서부터 빈틈도 없이 바글바글 끓어오르는데
　이제 고백은 지겨워, 언니는 귀를 막고
　버려진 것에는 층위가 없다

빛을 따뜻하게 만드는 건 뭔가요

나무들은 발밑에서 서로의 손발을 꼭 붙들고 있다 손
발을 붙든 채 무성하게 자라 굵고 커진 머리로 햇빛을 온
통 가리고 우리를 내려다본다 얼굴에 음영이 진다 그림

자가 걸힐 때마다 언니에게서 무언가가 새어 나간다 포
도를 먹을 땐 씨까지 모조리 씹어 삼키는 언니 서로의 심
장을 파먹은 것처럼 보랏빛 이를 드러내며 마주 보고 웃
었다 나는 손깍지를 끼고 무릎을 끌어안는다 관음당할
때마다 죽고 싶어지는 무릎의 마음을 상상한다 주름이
온몸으로 퍼진다 발끝으로 구멍을 판다 낮이 지나간다

　왜
　깨지지 않지 마음은, 새어 나가지 않지
　언니의 알은 단단하고 미동도 없고 알의 형상은 부서
진다 언니 나는 마음이 없어, 언니가 마음대로 미칠 동안
나는 이렇게,

　말하지 않은 것이 있어 못 한 안 한 아닌 않은
　아무거나 고백하는 동안 작은 날벌레들이 날거나 기어
간다 대체로 살려두지만 가끔은 죽인다 전지전능이란 단
어는 그렇게 익혔다
　신은 좀처럼 발생하지 않고

우리가 우리를 구했니 어디로부터 무엇으로부터 언니 그만둘 생각은 없니 바다은 축축하고 젖어 있고 알 무더기 위무와 애무는 때로 같은 말이고 언니는 내 목을 조르고 나는 언니를 물어뜯고 자매들은 예의 없이 엉겨 붙고 헐떡거리고 음영은 짙어지고 알들은 바닥을 구르고 파도는 쉬지 않고 새들은 미동도 없이 우리를 관음하고
　무력하다

　니가 뭔데 울어

　언니는 자꾸만 마른 가지를 태우고
　검은 그림자들이 불 위에서 겹쳐진다 전부의 머리가 불탄다 자격 없는 영혼들
　바람이 불면 가끔 그림자가 사라졌다 금세 돌아온다
　나는 간헐적으로 죽은 것 같다

　사랑하는 쌍년,

　언니의 알에 금이 가기 시작한다

28880314[1)2)3)4)]

lecture :

마지막 인간을 상상해봅시다.

자신을 꼭 끌어안고 어둠 속을 걷는, 최후의 인간을 말이죠.

그 무렵 지구는 정말로 따뜻했습니다. 누구도 쓸쓸하게 만들고 싶지 않았던 거겠죠.

인류의 기원은 어류였습니다. 진화학적으로 인중은 그 단서가 됩니다. 영혼이 헤엄치는 형태로 움직이는 것도 바로 그 때문입니다. 그러니 우주는 일종의 거대한 아쿠아리움이라고도 할 수 있겠죠. 우리의 거주지를 구성하고 있는 유리는 특수하게 고안된 것으로 두께는 육십 센티입니다. 이쪽으로 와서 모형을 만져보시겠어요?

여기서는 모든 소리가 반향됩니다. 자신이 던진 질문을 대답으로 듣는 동안, 누군가는 우리를 들여다볼 것입니다. 그리고 다시, 마지막을 상상하게 될 것입니다.

그렇다면 우주로 나온 우리는 이제 어디로 가야 할까요? 나아가기 위해서는 무엇보다 조상을 잊지 않는 자세가 중요하겠습니다. 여전히 제사를 지내는 이유는 그 때문입니다. 자, 다 함께 몸을 창가로 돌려봅시다. 저기, 녹아서 흘러내린 지구를 보세요. 꼭 쉼표 같지요. 바로 옆에 있는 게 물고기자리랍니다. 마치 크게 입을 벌리고 있는 것처럼 보이지 않나요?

조상들은 얼음낚시를 즐겼습니다. 빙판에 구멍을 뚫고 기다리면 입 벌린 물고기들이 숨을 쉬러 올라옵니다. 그 때를 노려 재빠르게 낚아챕니다. 누군가 문을 두드리면, 함부로 열지 않도록 합시다.

그러면 얼어붙어 야광 별이 된 조상들을 기리며 잠시 묵념하는 시간을 갖겠습니다.

그런데 브라더, 우주에도 유령이 올 수 있을까?

배고프면 오겠지

우리도 떠 있으니까 반쯤은 유령이다

아니야 플라스틱이지

……그러므로 세상에는 잘 구부러지는 유연한 인재가
더 필요합니다.

*

유리창에 손자국이 많다

소거법으로 미래를 상상한다

대피로엔 언제나 불이 들어와 있다

report: **SISTER − A808**

조상을 먹어치우고

먹어치우고

동족상잔의 비극어

살해를

진화하였다.

*

거짓말이라면, 눈을 두 번 깜박여줘

별들이 미친 듯이 깜박거린다

*

새로운 것을 가져올 때마다 새로운 마음이었다

얼음의 기도는 해방이었을까

빨리 감기로 영화를 본다

이스터섬 사람들은 마지막 나무인 걸 알면서도 베었을
것이다

도망칠 수 없는 광경을 생각한다
인간들이 나무처럼 빼곡히 서 있는 섬

바깥을 응시하며
무수히 박힌 못처럼

깃발이 꽂힌 달

울었을까

지나가는 기차가 돌아오는 것인지 떠나가는 것인지 알
지 못한다

그러나 내가 상상하는 사막에는 반드시 무언가가 살아 있었고

누군가 문을 두드리고 있다

record: the last one

엘리노어, 보고 있어?

*

빛은 따라가기에 좋다

반드시 무엇이 되는 세계를 가능성이라고 부를 수 있을까

*

수도꼭지에 고인 물이 마침내 떨어지는 것처럼

창문에 얼굴이 고인다

스노 글로브를 뒤집는다

1) 공식적으로 지구 인간은 2500년대 멸종되었다. 상기 자료는 A808에 거주하던 시스터(2870~2984)의 일기에서 발췌하였다. 지구로 꾸준히 송신했으나 아직까지도 수신 확인이 되지 않은 걸로 보아 생존자는 없는 것으로 추정된다.

2) 먹이사슬의 정점에 있던 인간은 자신들이 만든 플라스틱을 먹은 어류—조상—를 사정없이 먹어치웠다. 플라스틱은 아주 고요하고 느리게 인간의 혈관을 차지했다. 2050년대를 기점으로 인간의 혈관에는 피가 아닌 플라스틱이 흐르기 시작했다. 이 중대한 변화는 사후에 '피갈이'라 명명되었다. 피갈이는 건강 장수와 마음 청소의 비결이다. 학자들은 이들을 신인류 플라-휴먼(pla-human)으로 분류했다. 그야말로 피도 눈물도 없는 인간이 되어버린 것이다. 플라-휴먼의 등장 이후 인간과 비인간의 개념을 두고 활발한 논의가 전개되었다. 생존 인간들은 모두 플라-휴먼의 자손들이다.

3) 1907년 리오 베이클랜드(Leo Baekeland)는 상업 용도의 페놀계 수지 베이클라이트를 처음 개발하였으며, 플라스틱이라는 용어를 처음 사용하였다. 사실 리오 베이클랜드는 유년기부터 우주 정복이라는 원대한 꿈을 품고 있었다. 1907년의 기술로는 불가능한 일이었으나, 그는 언젠가 인류가 지구 밖으로 나갈 수 있으리라는 사실을 알고 있었

고 어떻게든 우주에 자신의 흔적을 남기고 싶었다. 가볍고 튼튼하고 활용도가 높은 물건에 집착한 것은 그 때문이었다. 1969년, 인류가 달에 나일론 깃발을 꽂음으로써 그의 꿈은 현실성을 띠기 시작했다. 이후 수많은 플라스틱— 흔하고 가볍고 저렴하다—이 우주 곳곳을 누비고 있다.

4) 지구에 거주하던 인간들이 미세먼지와 싸울 동안 미세 플라스틱은 소리 없이 그러나 정확하게 자신들이 원하던 숙주의 몸을 차지하고 인간을 구성하는 핵심 성분이 되었다. 플라스틱은 인공지능조차 해내지 못한 일을 해냈다—인간 그 자신이 되기. 그럼에도 불구하고 인간들은 편리한 플라스틱의 사용을 멈출 수 없었으며 그것이 자신의 삶을 강탈하도록 내버려두었다. 이제 플라-휴먼은 플라스틱의 방식으로 사고한다.

맨해튼*

저녁은 탄 냄새로 시작되었다

더 빨리 멸망하기 위해
사람들은 서쪽으로 걸었다

정수리는 새하얀 기쁨

전구가 발갛게 달아올랐다

독한 술을 마시면
높이를 알 것 같고 가끔은
더 깊어진 기분도 든다

아직도 불이 켜진 창의 개수를 세다 보면
열기 위한 것이라는 믿음으로 창을 만드는 사람의 얼
굴이 궁금해지고

창밖에서 불꽃이 터진다

부다의 귀족들은 강을 사이에 두고 와인을 마시며
페스트에서 죽어가는 이들을 지켜보았대

가장 비싸다는 도시의 꼭대기에는
이제 멸망조차 따라잡지 못한 이들이 남아

구겨진 신문지를 오려
다잉 메시지를 남기는 동안

구석에서 세 여자가 머리를 맞대고
도시를 망하게 만드는 방법을 속삭이는 동안

주정뱅이는 노래를 부르고 소년은 도미노를 세운다
어떤 모양으로 무너질지 알 수 없는 타일 조각을

끝을 맞이하는 가장 예의 바른 태도는 끝을 믿는 것

그러니까 독한 술을 마시면
어둠도 깊이도 다 알 것 같지

나는 다음 세상이 궁금해서 먼저 죽었네

주정뱅이는 뇌처럼 쪼그라든 오렌지를 굴리며
지나가는 정수리를 향해 빨대 꽂는 시늉을 한다

지금도 가라앉고 있는 섬이 있어요
누군가는 그걸 환상통이라고 부르죠

유리잔 안으로 붉어진 얼굴이 비친다

작은 손가락이 도미노를 민다

가장 멀리까지 흘러나가는 피

불꽃놀이가 이어지고 있었다

* 위스키 베이스의 칵테일. 칵테일의 여왕이라고도 불린다.

시베리아 횡단 열차를 탄 러시아 귀부인이 사향고양이를 무릎에 얹고 쓴 시

1

알료냐 이바노비치 페트로뷔시카는 열차에 오른다 가장 긴 시를 쓰고 싶었으므로 그녀는 페테르부르크로부터 블라디보스토크까지 가는 동안 시를 쓰겠다는 계획을 세웠다 얼지 않는 바다를 찾기 위해 사람들은 동쪽으로 갔다 국경에 인접한 동양의 어느 나라에서는 푸른 눈을 신기하게 여겨 러시안을 사냥한 뒤 눈을 찔렀다고 했다 열차는 쉬지 않고 흰 밤을 가른다 시간은 잊히고 마침내 파랗고 검은 밤이 흘러내린다

열차는 대지를 규칙적으로 박음질한다 알료냐 이바노비치 페트로뷔시카의 몸이 바늘처럼 흔들린다 실내가 추웠으므로 그녀는 사막여우 털로 만든 망토를 여민다 무릎에 앉은 사향고양이가 기지개를 켠다 고양이는 아무거나 할퀴어대는 버릇이 있다 그녀는 고양이에게 커피콩을 먹인다 사막과 설원이 크게 다르지는 않을 것이다 죽어 있는 모든 것을 삼키고 반짝일 것이다

2

뚜껑이 소리 없이 열리고 있다 노파가 쌀독 안에 웅크리고 있다 굳은살이 박인 발목을 긁으며 자신이 내쉰 숨으로 가득한 세계에서 어디에 다녀왔어? 여기는 온통 밤이란다 흰 눈을 번뜩이며 잇몸으로 생쌀을 씹으면서 아직도 살아 있다 한 사람의 세포가 전부 바뀌는 데에는 칠년이 걸린다 당신 자신을 악기라고 생각하세요 소리가온몸으로 나간다고 생각하세요 머리카락을 잘라주겠니?그러나 소용없다 나도 항아리거든 인형 안의 인형 안의인형 연한 살은 어떻게 심장을 견뎌내는지 내부를 견뎌내는 힘은 어디서 오는지 당분간

평야가 계속되고 있다 흰 밤이 구십구 일 지속된다 유배당한 자들은 아무것도 없는 것을 알면서도 곡괭이질을했다 있기 위하여 나는 있고 싶어요 아무 일도 일어나지않았다 사람들이 생각하는 구원에는 정답이 있어서 구원속에서도 허덕일 것이다 쌓이는 느낌이 들지 않아요 신발을 벗고 입장하는 것이 지난 세계에 대한 예의일 텐데기차는 멈춰 서는 법을 모르고

3

고양이가 똥을 눈다 소화되지 않은 콩을 걸러 알료냐
이바노비치 페트로뷔시카는 커피를 끓여 마신다 밤이 우
러난 듯 검고 반짝인다 왜 맛있는 커피는 똥으로 만들죠?
시간이 희미해지는 가운데 정신이 올곧게 서고 있다 그
녀는 엉덩이 아래서 끊임없이 구르는 바퀴를 감지한다
철의 원이 반복되고 있다 지금이 반복되고 있다 어제가
오늘과 내일이 아무리 길어도 자기 자신만큼 긴 건 없다
안과 밖의 온도 차로 창문이 뿌옇다 희미하게 비치는 눈
이 파랗다 피가 번지듯 노을이 시작되고 있다 새어 나가
는 것을 알지 못한 채 밤이 끊임없이 갈라지는 중이었다

토성의 고리

가끔 너는 좋아하는 노래를 흥얼거리고
나는 네가 있다는 것을 그래서 안다
갓 낳은 계란의 따끈함은 한 손에도 쉽게 쥐어지는 거
여서
신의 기분을 짐작할 수 있다
소라 껍데기를 귀에 가져가며 통증으로 이루어진 것들
을 애도해본다
헐겁게 묶여 기울어지는 것들
별자리는 누구의 제안입니까

정거장이 없어서 어디에 멈춰야 할지도 모르겠어
그러니까 이건 따뜻한 수프 그릇이 있는 저녁 식탁을
기다리고 있는 것과 같은데
불이 전부 꺼져도 우리는 계속 돌겠지 기민하게 피처럼
도달이라는 말이 거짓이라는 걸 깨달으려고
중력이 은폐의 방식이라면 촛불은 왜 위를 향해서만
타오릅니까
비명이 길어져서 수다쟁이가 되어버렸어

나는 네가 가진 수백 겹의 비밀

마르기도 전에 얼어버리는데 이곳의 날씨를 어떻게 알
려주지

부서지고 부서지면서

기도란 뗴쓰다의 정중한 말이고

그땐 정적도 응답이 되지

언제나 애를 쓸 수는 없는데

우주를 연재하는 건 거대한 무음

입안에서 촛농 맛이 나

다이너스티*

둥근 뿌리도 빛날 수 있나요
봄에는 쉽게 길을 잃어요
끝난 곳에서 끝을 지키고 있어요
잘 참았던 오줌이 새어 나가요

입안은 언제나 뜨겁고
어딘가가 헐어 있었죠
투명하게 벗겨진 살을 뱉을 때마다
아주 조금씩 줄어드는 지우개를 생각했어요

언제든 돌아오라고 붉고 노란 등을 잔뜩 켜두었는데

물이 자꾸 얼고 녹는 동안
탄산은 전부 새어 나가고
이젠 질리는 일에도 질렸어
등을 전부 끄는 건 어때요
아무것도 다시는 돌아올 수 없도록

얼음 이후의 것은 뭐라고 불러야 할까

이름을 짓는 것에 익숙하지 않죠
언제나 우리는 다발로 읽혀요
문을 계속 열어도 방은 나오지 않고
매듭은 섬세하지요
새끼가 낳은 새끼들

누구나 연루될 수 있는 거죠
아는 사람의 이름을 전부 적어요
네 모서리가 전부 둥글어진 지우개

알 주머니가 오랫동안 떠다녔어요

언제나 뭔가를 구하고 싶었는데

텅 빈 미러볼
텅 빈 지구본
빙글빙글 돌아가지요

심기 전부터 식물은 정해져 있고

정해진 대로 자랍니다

그런 것도
미래라고 부를 수 있을까요

우는 법을 몰라 풍선껌만 씹었어요
싸구려 딸기 맛이 다 빠질 때까지
푸욱 파아 떠오르기도 전에 터져버리는 걸 매번 보면서

사람들은 낙관합니다
둥근 뿌리들은 소리도 없이 터지는데도

그런 것도
음악이 된다면
입술을 가지런히 모으고 백만 개의 키스를

실뿌리는 지도처럼 퍼져나가지
가망이 없어도
아름답다면

알들

깨진 알들

깨지고 희고 노란 알들

실금이 간 두 동강 난 부서진 각각이 다른

정체 모를 것들이 이미 태어나고 새어 나간 둥지

* Tulip 'Dynasty'. 백합과의 분홍 튤립. 상단부는 분홍색이며 하단부
  로 내려올수록 하얘진다.

거장과 거울의 방

그 방은 육십팔각형으로 문이 두 개였으나 천장과 바닥까지 포함해 총 육십팔 개의 거울로 둘러싸여 있었다 병약한 엘리노어는 자신의 등 뒤에 늘 죽음이 도사리고 있다고 여겼으므로 시도 때도 없이 뒤를 돌아보곤 하였다 엘리노어의 부친은 추진력 넘치는 사업가로 뒤를 돌아보는 일이 삶에서 가장 쓸모없는 일이라 여기는 사람이었다 그는 엘리노어에게 교훈을 주기 위해 그 방을 만들었다

엘리노어는 매일 그 방에 앉아 자신의 핏기 없는 얼굴과 자주색 입술과 맞은편에 반사되는 등을 보았다 죽음은 거기에 없었는데 엘리노어는 그것이 자신의 감시 때문이라 굳게 믿었다 한번 움직일 때마다 육십팔 개의 엘리노어가 저마다의 각도와 방향으로 움직이며 엘리노어를 응시했다 밥을 먹는 육십팔 개의 엘리노어 춤을 추는 육십팔 개의 엘리노어 잠을 자는 육십팔 개의 엘리노어 등 뒤에 죽음이 없자 엘리노어는 죽음이 눈을 감을 때마다 찾아온다고 믿게 되었다

누군가 하나는 눈을 뜨고 있어야 하는데 그래야 할 텐데 거울 속의 누구도 말을 듣지 않아서 백삼십육 개의 눈은 언제나 동시에 깜박거렸고 엘리노어는 훌쩍훌쩍 울음을 터트렸다 내가 죽는다는데 누구도 협조를 안 해 방관자 살인마! 엘리노어는 병약한 자신의 육십팔 개의 얼굴을 돌아보며 저주를 퍼부었고 그건 자기 자신을 향한 것이었으므로 병세는 더욱더 깊어졌다

부친은 덜컥 겁이 났다 이대로 사랑하는 딸을 잃을 수는 없었다 그는 거장을 집으로 초대했다 내 딸을 그리시오 거장은 그림에는 문외한이었다 물론 그림을 그리고 싶었던 때도 있었으나 거장은 미남과 술은 보는 것이 아니라 즐기라고 있다는 말을 믿는 사람이었다 거장은 자신이 잘못 불려 왔음을 깨달았다 아 당신 화가가 아니오? 부친은 겸연쩍어하다가 문득 왜 당신은 화가가 아니오? 발끈하는 것이었다

거장이 돈을 받기 전에는 돌아갈 수 없다고 우겼으므로 부친은 추도시를 적어달라고 했다 거장은 써서는 안

되는 시도 있다는 사실을 믿었다 엘리노어는 죽어가는
자신의 육십팔 개 얼굴을 모두 보았다 나에게 둘러싸인
채 죽을 수 있어요 부친은 마음이 아팠다 거장은 이겨낸
다는 생각으로 그 상황을 이겨내기로 했다 엘리노어는
거울 방에 육십팔 개의 초를 켜달라고 했다 이것을 자신
의 영혼이라고 생각해달라고 했다

    당신은 미친 시를 쓰잖소 엘리노어의 말동무가 되어주
시오 부친이 찔러준 봉투는 묵직했다 유명한 화가가 엘
리노어의 초상화를 그리는 동안 거장은 엘리노어와 이야
기했다 정면을 보고 있어야 했으므로 엘리노어는 거장에
게 자꾸 물었다 내 등 뒤로 죽음이 왔어요? 방이 온통 뜨
겁고 일렁여서 아무리 애써도 물감이 흘러내렸고 엘리노
어는 끔찍하게 절규하는 사람처럼 보였다 화가는 땀에
절어 같은 곳을 붓질했다 가끔 부주의 탓에 촛불이 꺼졌
다 엘리노어는 그럴 때마다 울음을 터트렸다 꺼진 불도
다시 보자고 그들이 말했으나 엘리노어는 욕을 퍼부었다
초를 교체하기 위해 사람들이 고용되었다

부친은 하루빨리 딸의 초상화를 보며 좀더 슬퍼하고 싶었다 고용인들은 오가며 초를 갈았고 그림은 귀신이 붙은 듯 보였으며 화가는 여전히 같은 곳을 붓질했다 거장은 이 모든 것을 시로 썼다 정면만을 응시하며 엘리노어가 그것을 읽어달라고 했다 문장에 적힌 자기 자신이 너무 추하고 가엾어서 엘리노어는 촛농처럼 울었다 화가와 거장은 동시에 해고되었다

거장은 기뻐하는 육십팔 개의 자신과 함께 그 방을 뛰쳐나왔다 문 앞에서 화가는 거장의 따귀를 때렸다 거장도 화가의 따귀를 때려주었다 엘리노어는 몇 날 며칠 울었으나 장수하였다

2부
위스망스로 가는 길

위스망스로 가는 길

I. 우리는 이 길을 분기점으로 헤어지기로 했지만, 이
후의 길이 어떻게 생겼는지는 알지 못하지. 지도도 없어
서 우리는 서로의 발밑에 침을 뱉었네.

언제나 더 멀게 느껴지는 말들을 좋아했었지

새로운 걸 발견했다고 믿으면서
둥근 건 다 후려치며 걸었다

위스망스 위스망스

숨이 썩고 있어

이의 뒷면을 핥으면
입안에 퍼지는 오렌지의 맛

보이는 꽃을 전부 꺾어 미리 부케를 만들어둘게
도착하면 결혼식을 올릴 수 있게

손금이 없는 손으로 우리는 섣불리 악수하네

그런데 여기서 헤어졌다는 걸 어떻게 알지?
계속 침을 뱉자 뱉으며 걷자

내가 망친 숲이 몇 개나 될까?

Ⅱ. 실례합니다, 머리를 두고 갔군요. 아니에요, 엿듣지
않았습니다. 머리는 나 없이 도무지 생각할 줄을 모르니
까요.

벽에는 갈림길에 선 두 사람의 뒷모습을 그린 유화가
걸려 있다

너는 한 사람을 도려냈다

이런 게 선택이지

주둥이가 긴 화병에 꽃을 꽂으며
예쁜 말만 하는 입을 가지고 싶다고 말한 적 있다

메론과 멜론의 발음을 두고 싸운 적도 있지

함께 수영장에 간 적은 없지만
물웅덩이 옆에는 자주 서봤다
축축한 너의 입속을 상상하면서

주머니에 귤을 하나씩 넣고
빨리 다 얼어버리면 좋겠다고 하고
뛰어넘었지

양말을 뒤집어 말면서
따뜻한 마음이 생기기를 바랐어

네가 버림받은 사람의 얼굴이어서
셔터를 눌렀지
눈에서 노란빛이 새어 나오고 있었다

우리는 얌전히 양말을 갰다

Ⅲ. 철자가 틀릴 때마다 교수대에 사람을 매다는 게임

벽지가 이상한 무늬를 이루는 방에 등을 지고 앉아
우리는 각자 출발할 지점을 골랐다

연한 색만 길이야
손 떼지 말고 가는 거야

그게 룰이었지만
가끔 얼굴을 본 것 같아서
매번 다시 시작해야 했지

우리가 대체 만날 수는 있어?

네가 화를 내면서 나가면

다급히 따라가 네 등을 안는 것까지 놀이였다

그러나
너는 없었고
멀리서 숲이 흔들렸고

한 쌍의 헤드라이트 불빛이 나를 향해 달려오고 있었다

해변

여기 어딘가에 뱀이 있을지도, 내 이름은 코코넛 쏟아
지는 일을 좋아합니다 비밀은 감출 수 없죠 나는 해변과
가까워요 가본 적은 없지만 사람들은 그렇게들 말해요
무수하고 많은 모래들 그것을 전부 세는 상상을 해요 각
각의 모래는 각각의 방식으로 아름다울 테고 나는 그 전
에 눈이 멀겠죠 파도는 일정한 높낮이로 몰아치겠죠 나
는 자발적으로 속아요

끝났다고 믿었는데 계속되지요 오래전부터 불면증이
있었어요 자꾸 변두리를 맴도는 일을 합니다 뱀은 소리
없이 기어가고 사람들은 산책을 계속합니다 잘못된 시간
에 울고 죽는 것들 매듭짓는 일에 대해 생각합니다 파도
는 돌아오는 일을 쉬지 않아요 언제나 상상을 넘어서는
구석이 있죠 단 한 번도 멎어본 적이 없다는 것, 그런 식
으로 무용해진다는 것에 대해 아나요 바다가 다 말라버
리길 기다려요

물고기의 살결이 파도의 방향을 가지듯 나의 살결에는
바람의 흔적이 남겠죠 모든 파도, 단 한 번의 파도도 잊

지 않고 몸에 새기듯 나 역시 돌아오지 않는 바람을 기억
하며 흰 피를 가집니다 나는 묵념의 증거이며 오랜 기도
의 파생입니다 여무는 동안 바다의 슬픔은 코코넛의 슬
픔이 되고 마침내 그것은 코코넛만의 슬픔이 되지요 나
는 닫히기로 결심합니다 나 혼자 아는 멍 자국이 늘어납
니다

　해안선이 길어집니다 먼 곳에는 벼랑이 있고 무언가는
자꾸 몸을 던지겠지요 백사장은 물결의 자세를 익힐 거
구요 다치는 것도 습관이라는 말을 떠올립니다 그냥 사
라지는 건 없겠죠 바다는 닫히지 않을 거예요 나는 그보
다 짙은 농도로 울겠죠 가지들이 나를 건드렸을 때 나는
그게 손인 줄 알았어요 아무거나 사랑인 줄 알고 믿어요
나는 쏟아지는 일을 좋아합니다

틸페츌라

그것은 딱딱하고 그것은 굵고 그것은 포크로 찍을 수
도 있다

틸페츌라에게는 춤이 있고 대부분 과하고
자꾸 못된 일을 도모한다

무엇이든 틸페츌라가 될 수 있다
되는 법이 궁금하다면

그것은 흰 바지를 입고 혹은 아무것도 입지 않거나
얼룩무늬 소파에 기대 치즈케이크를 먹을 수도 있다

카페인에 절어 뜬눈으로 꿈을 꾸기도 한다

어떤 말은 도저히 그만둘 수가 없니?

얼굴은 완성되는 법이 없고
햇빛이 너무 따뜻할 땐
그림자도 잠시 나를 떠났다

최후를 상상하는 건 어렵지 않은 일이라
틸페츌라는 자꾸만 죽고 죽어가고
물감을 살 때마다 흘러내리는 것을 먼저 상상하게 되
었다

밤새 가짜 같은 꿈에 시달렸다
어떤 것에 대해서는 기도조차 하지 않았다

문은 늘 자신이 할 수 있는 가장 느린 속도로 닫히고

아무 데나 붙이고 떼는 일을 배울 때
그것은 그것이 될 수 있다

틸페츌라는 말하지 않는다

눈썹 뽑기
——방해하지 마시오

다음의 이상 증세는 아무 곳에도 제대로 뿌리박지 못한 채 뽑혀나감에 대한 근원적 공포와 연해 있으며 같은 말로 뿌리 찾기와도 연결될 수 있다. 다시 말하자면 고아 의식에 대한 지나친 자각이라 부를 수 있다. 관찰 결과 대부분의 환자는 티슈를 뽑아대는 습관이 있으며 그것은 자신을 이곳이 아닌 어딘가로 밀어내고자 하는 욕구와 무관하지 않다. 혹자는 그것을 자기 파괴라 지칭하였다. 이것은 인간이 하는 다른 모든 행위와 마찬가지로, 정확하게 자기애와 자기혐오를 동반하며 미시적 차원에서 삶의 욕구를, 거시적 차원에서 삶에 대한 부정을 지시한다.

이상 증세는 다음의 다섯 단계로 나눌 수 있다.

Symptoms

1단계: M을 W라고 인식하며 그것은 거울 단계로 회귀하고자 하는 일종의 인식 오류이다. 상기 단계의 환자들은 사람이 머리를 이용해 걸어 다닌다고 오인하며 바꿔 말하면 발로 생각하는 경향이 있다. 그러나 상기 증상이 비정상을 의미하는 것만은 아니다. 이 단계에서 눈썹은 스스로 주체에서 분리되길 거듭한다. 일종의 탈피 과정으로 자기 자신을 의심하는 순간 발현된다. 한두 가닥이 느리게 빠지므로 단순히 눈썹이 빠진다고 착각하기 쉽기 때문에 주변인들의 세밀한 관찰이 필요하다. 말할 때 발의 위치가 어디에 있는지 유심히 살필 것. 거울을 치울 것.

　2단계: 상기 단계의 환자는 자기 자신에게 지나치게 골몰하는 경향이 있다. 그것을 과시하기 위해 금세 사랑에 빠지고 금세 빠져나온다. 이때 환자를 자극해 일부러 밖으로 끌어내서는 안 된다. 환자로 하여금 자기 결정권을 잃은 듯한 인상을 주지 말 것. 환자가 눈썹 외에 다른 것으로 관심을 돌릴 수 있도록 유도해야 한다. 키위나 복숭아를 핀셋과 함께 주면 효과가 있다. 한때 고슴도치를 제공했으나 동물권이 대두되며 불법으로 지정되었다. 눈썹의 굵기와 길이와 개수는 개체에 따라 큰 차이를 가지고 있지만, 눈썹이 있는 한 동종으로 분류된다. 병증에 따르면 지구상의 구십팔 퍼센트 이상의 생명체가 같은 종이다. 나비가 귓가에 앉을 때의 날갯짓 세기에도 눈썹이 빠지므로 바람을 조심해야 하고 연고를 꾸준히 발라주어야 한다.

　3단계: 극도로 수치심을 느끼는 상태로 양심과 미세하게 다른 이 감각은 어둠 속에서 특히나 민감하게 발현된다. 눈썹이 듬성듬성해 세계가 잘 여과되지 않으므로 보이거나 인식하는 것을 착시라고 생각한다. 이때부터는 얼굴과 제스처를 읽어낼 수 없으므로 전문적인 도움이 필요하다. 그 상태로 방치된 채 사망한 기록이 있다. 2단계와는 달리 바깥을 지나치게 인식하게 되며 그 결과 상기 단계의 사람들은 사랑을 잃는다. 자발적으로 눈썹을 뽑고 온몸의 털을 제거하여 그것을 다른 곳에 심는다. 심는 곳을 잘 관찰하면 주체의 근원적 욕망을 알 수 있다. 뿌리내림이라는 말 자체가 불가능하다는 것을 알아챈 누군가는 자신의 다리로 목을 감아 죽었다. 16세기 이탈리아를 중심으로 유럽에서는 집단적인 3단계의 병증에 시달렸다. 모나리자 역시 이 단계에 속해 있었다. 자기 자신을 털이라고 생각해 머리만 내놓고 전부 땅에 묻어버린 남자에 대한 기록이 발견되었다. 도구를 이용하여 스스로의 눈썹을 훼손하기 시작하므로 날카롭거나 지렛대 효과를 가진 것은 쥐여주지 않는 편이 옳다.

4단계: 남은 속눈썹 몇 가닥으로 세상과 맞서야만 하며 이때의 상실감과 증오와 공포는 감당하기 어려운 것이다. 그 세 가지의 감정만이 남으므로 사람들은 자신을 눈썹으로 착각해 멋대로 날아가버린다. 얇아질 대로 얇아져 문틈 사이로 빠져나갈 수도 있으므로 부는 행위에 특히 주의해야 하며 수시로 감시해야 한다. 이 단계에 이르러서는 미친 듯이 무엇이든 뽑아대지 않고는 견딜 수가 없는데 그를 통해 자신이 무언가를 끊임없이 구하고 있다 믿는다. 신앙심이 사라지며 동시에 발생한다. 이때부터 환자는 다른 체계에 편입하므로 소통이 불가능하다. 바틀비 역시 상기의 단계를 앓았으나 발현 양상이 다르게 드러나 적절한 때 조처되지 못하였다. 상기 단계의 병증을 앓으면서도 직업 활동을 했다는 것에 의사들은 큰 희망을 걸었지만, 유일한 표본이 이미 감옥에서 사망하였으므로 연구에 실질적인 도움은 되지 않는 상태이다. 일부 의사들은 고인의 뇌를 해부해야 한다며 국제의료진협회에 청원서를 제출하기도 했으나 아직까지 수리되지 않았다.

5단계 : 눈을 보호해줄 조금의 눈썹도 남지 않은 상태. 감정도 언어도 모두 잃은 상태이다. 그러나 여전히 깜박임은 있다. 허공은 칼처럼 베이고, 사람들은 늘 훼손하는 방식으로만 이해하므로, 눈을 감았다 뜰 때마다 꼭 한 번은 굴절이 일어난다. 모든 눈은 닫혔다 열리므로 굴절은 굴절을 부르고 우리는 언제나 **블링크Blink의 개수/1s**만큼 왜곡된 세계를 인식하고 있는 것이다. 이때 _____는 _____로 인해 _____한다. 그러나 _____는 _____가 아니며, 물론 _____가 아닌 것 역시 자명하다. _____는 _____한 증세를 동반하고, _____를 토대로 한 _____현상이 일어날 수 있다. 이때 _____를 하지 않도록 _____에 유념해야 한다.

*

凸凹

초를 켜고 얼룩을 닦아내는 동안에도 눈은 무수히 깜

박일 것이고 그만큼 세계는 일렁일 것이고 모두가 동일
량의 공포를 느끼거나 느끼지 못할 것이다. 결국 눈썹은
세계를 얼마만큼 수용할 수 있는지와 밀접한 관계를 맺
게 되는데 그것을 뽑아내면 뽑아낼수록 세계는 조금 더
온전한 모양에 가까워질 것이다. 눈썹 없는 자가 언제나
더 겁에 질려 있는 것은 그 때문이다. 어쨌든 그것은 어
떻게든 균형을 맞춰보려는 세계의 버릇 중 하나이고 그
순간에도 누구의 것이든 눈썹은 자랄 것이다. 여전히 너
무 많은 눈썹이 있다.

상기 증상은 다음의 공식으로 귀결된다.

**눈썹의 개수(EBQ)×눈썹의 길이(EBL)×눈썹의 무게
(EBW)=빅뱅**

Solutions

1) 뿌리 식물을 오래 달여 먹일 것. 수명이 오래된 것일
수록 그 효과가 좋다. 환자는 뿌리내림을 내면화하여 땅
이 자신을 지지해주고 있다고 느끼게 된다. 일차적인 해
결책으로 과다 복용할 경우 가구화되어버리는 부작용이

나타날 수 있음.

2) 존재하는 모든 뿌리를 없앨 것. 가장 근본적인 해결 방법이지만 합의가 필요한 영역이므로 임시방편을 사용할 수밖에 없음. 가능하다면 돌출형의 모든 사물을 시야에서 제거할 것. 혹은 환자의 손으로 직접 치우게 한 뒤 과하다 싶을 정도로 칭찬할 것. 상황에 따라 거세 또한 용인될 수 있음. 족보도 불태우는 것이 좋다. 애비 에미도 없느냐는 말을 들을 수 있지만 환자의 심리적 안정에 큰 도움이 된다. 핀셋이나 호미를 환자의 손에 쥐여줌으로써 세계 평화에 기여하고 있다고 생각하도록 유도할 것.

3) 눈썹을 발음하지 말 것. 최대한 실제 눈썹이 있다는 것을 인식하지 않으면서 형이상학적인 눈썹의 제거로 가는 것이 궁극적인 해결책이다. 형이상학적인 핀셋을 불러내어 형이상학적인 눈썹을 뽑아낸다. 다음의 과정이 반복되었을 경우 상상 속의 눈썹은 소량만 남게 된다. 환자는 눈을 깜박일 때마다 진실과 흡사하게 느껴지는 것이 찰나에 스쳐가는 것을 경험할 수 있고, 이 가상은 만족감을 준다.

빛이 떠나는 경로

죽은 나비를 오랫동안 쥐고 있었어

사람들은 시차를 두고 밥을 먹었다

나는 가끔 혼자였다
일어나면 물을 마시고 많이 걷지는 않았다
그림자가 빠르게 눈앞을 지났다

성당 앞에서 언제나 문이 열려 있다는 글귀를 보았다
정말로 문이 열렸으므로 도망쳤다

각자가 아침 점심 저녁을 챙겨 먹는 동안
슬픔은 언제나 배가 불렀고
지구는 반만 어둡고 반만 밝았고

얼음이 갈라졌다
물이 너무 많은 지구와
가보지 못한 나라와
너무 쉬운 죽음에 대해서도 생각했다

자기 몫의 도시락을 싸는 사람과
매일 한 번씩은 죽지 않겠다고 결심하던 사람
누가 떠난 자리에 오랫동안 앉아 있으면
다 알 것 같았다 온기가 누구의 것인지 헷갈리는 것이
좋았다

모든 일은 빛이 있는 곳에서 벌어졌어

냉기가 스며드는 창가를 견디고 있다
망가뜨리고 싶어서 신을 찾았다

그들이 아직도 나를 쥐고 놓지 않는다

유령 버스

양산 쓰고 지나가는 기분으로 그렇게 지나갈 수는 없
잖아
다리 사이로 유령이 새어 나와
가끔 그랬다

이가 맞지 않는 창이 덜컹거린다

사랑하는 사람들이 사랑을 몰라서
멈추지 않는다

그런데
나무는 언제 다 자랐다고 해야 하는 거야?

다 자랄 때까지
뭔가를 키워본 기억이 없고

자란다는 말이 어려웠다

빈 그릇 빈 서랍 빈 실내화

상한 우유는 내내 하얗다

도착해본 곳만 지도가 되어서
늘 길을 잃은 것 같지

물고 빨면서 배웠다
딱딱한 것 삼키면 안 되는 것 부서지지 않는 것
맨발로 이불에서 나오는 건 어리석은 짓이다

잘 자라려면 가끔 잘라내줘야 해

잘한다는 말은 더 어려웠다

정류장이 보이지 않는다

누군가가 귀에 물을 부은 것처럼
천천히 자신의 부유물이 되어가는 기분

나를 창과 나눠 갖는다
다리 사이가 덜컹거린다

내릴 때마다 표정이 하나씩 사라졌다

자주 웃었다

무중력 지대*

근미래,라고 발음하면 알고 있는 모든 단단함 때문에
무너지는 세계를 떠올릴 수 있었다

또다시 별이 터진다

먼 옛날 사라진 빛을 지금 보고 있어

테두리에 서고 싶어
언제든 발을 돌려 나올 수 있게

팔뚝을 깨물면 아프다
살아 있다는 건 중심에 있는 거지
도망칠 수 없다

둥근 창문에 지문이 찍힌다
여기에 남을 유일한 지문
지구를 향한

발견한 사람은 기쁠까 슬플까

부스러기를 턴다
오늘은 과자처럼 외롭다

무엇이 인간을 이룹니까
탄소 수소 산소가 주요 성분입니다

누가 어디서 태어나
무엇을 먹어 자라고 죽는지
여기서는 보이지 않는다

지구가 당기는 힘
놓지 않을게
그런 말

구슬치기
기억나?

깃털 무늬를 두고 이것은 영혼이야
이것이 깨지면 영원히 죽는 거야

말하며 손가락을 튕겼는데

빛은 여기 없는 사람의 눈물 자국 같다

연루되어 있다

잠수하듯 창문 앞을 떠난다

산호를 잔뜩 볼 수 있대서 들어간 바닷속에서
자꾸만 몸이 섰다
다리를 계속 움직이는데도

물속에서 서면 귀신이라는 말이 생각났다

숨 쉬는 걸 잊지 않으려고 숫자를 셌다
물이 자꾸 나를 세웠다
아무것도 볼 수 없었고
견딜 수 있을 만큼의 어둠이었고

여기선 눈물도 흩어져버려

우주는 진공상태입니다
공기가 몸을 눌러주지 않으면 생명체는
안에서부터 터져버립니다
그것이 지구의 다정함이고

툭

탁

터져 나올 것 같은 말이 있었어

누우면 우주를 바라보는 자세가 된다
그래서 꿈을 꾸게 되는 걸까
함부로 고개를 드는 사람을 신은 용서하지 않아서
잠들면 벌을 받을 것 같다

멀리서 오는 조난신호를 찾아갔지만

아무도 없었어 자동기계였어
그런 내용의

사연을 읽는다

왜 인간에게만 무덤이 있는지 궁금하다

괜찮아 나중에 보면 별거 아니야
멀리서 보면 아무것도 아니야

빛이 일곱 번 반 지구를 돌고
탁자에 놓인 초침이 일제히 떨어지고

죽였어요 먹었어요 건강해졌어요 오래 살았어요

우주 쓰레기가 늘어나고 있다는 소식

돌아가면 아무도 없을까 봐 무섭다
분명 그럴 것이다

모두가 살아 있을까 봐 더 무섭다

우린 달라
괜찮아
우린 달라
괜찮아?

지구는 사실 회색 스스로 빛나지 않고
엄마가 천장에 붙여줬던 야광 별은
어디로부턴가의 신호 같아 잠들 수 없었어

있었다와 없다는 정확히 같은 말일까

정말 하는 것과
정말은 안 하는 것 중에
무엇이 더 나쁠까

빛이 곳곳에 어린다

지구가 나를 당길 것이다

돌아가야 한다

* 2076년, 우주 납골당 제1호가 발사되었다. '생명으로 가득 찬 지구'라는 슬로건 하에 진행되고 있는 우주 납골당 프로젝트는 지구에서 죽음을 완전히 걷어내기 위한 정책이다. 공개된 완공 설계도면을 보면 납골당이 지구를 고리 형태로 감싸고 있음을 확인할 수 있다. 매년 탄생 인구와 사망 인구를 참조한 프로젝트의 완공은 2888년으로 예정되어 있다. 2년마다 단 한 명의 묘지기를 뽑는다. 엄격한 신체검사와 정신감정을 거쳐 2년 동안 납골당에 혼자 머물며 관리하기에 최적화된 사람을 선발한다. 다량의 방사선에 노출될 수 있고 신체에 부작용이 나타날 수 있으며, 귀환 후에도 극심한 스트레스에 시달릴 가능성이 있어 3D 직종으로 분류되지만 위험 수당을 포함하면 지구에서 가장 연봉이 높으며 인기가 많은 직업 중 하나이다. 선발된 묘지기는 납골당과 함께 우주로 쏘아 올려지며 매일 세계로부터 발사되는 유골 캡슐을 블루투스로 조종해 정렬하는 업무를 맡는다. 이는 유골 캡슐이 지구와 너무 먼 곳으로 가버리거나 행성이나 블랙홀 등을 만나 파손되어 우주 먼지가 되지 않도록 하기 위함이다. 묘지기는 2년 근무한 뒤 납골당이 다 채워지면 문을 영원히 봉쇄한 뒤 국제우주정거장을 경유해 귀국한다. 지금까지 총 3명의 묘지기가 귀환하였으며, 6개월 전 우주 납골당 제4호가 발사되었다. 본문은 PTSD 증상을 보이는 3호 묘지기 아시도 마나미 씨의 치료 일기에서 발췌하였다. 마나미 씨는 귀환 후, 자신에게 중력이 작용하지 않는다고 착란 증세를 호소하고 있으며 대부분의 시간을 수영장에서 보내고 있다.

84

벨 자

팔뚝은 어쩌다 굵어졌나 죄수들이 다 같이 깁스를 했
다 고통을 함께하려고 여자들이 오른손 쓰지 않는다
　선생님 저는요 시 썼어요 계속

　볼펜이 닳아간다
　감옥에는 법칙이 있다
　비누 혹은 일주일 치의 빵

　사라지지 않는 것
　배가 고프지 않을 때도 무서워요

　벽에 피로 인생작을 쓴 사람도 있지만 벽돌이 붉어서

　누군가 우리가 죽는 것을 간절히 바라고 있다 그렇다
면 제발 죽여달라고 소원을 빌었다 어깨를 맞대고 앉아
흰 종이배를 접었다 이름을 하나씩 부르며 물에 띄워 흘
려보냈다 차가운 삶은

　감자

모든 것은 서서히 줄어들고 딱딱해지지

낳고
싸고

닦고 흘리고
굳고 말라붙고 딱딱해지기

손바닥을 적신 것은 내 피가 아니기에
나는 살인자였다
내 피가 아니어서 그것이 사랑이었다

뱉어내지 못해

몸속에서 자꾸 돌이 나왔다
작고 딱딱한 것이

말라붙으면 갈색이었다

풍년이어서

서서히 줄어들고 딱딱해져서
우리는

벽돌이 많았다
반짝거리지 못하고

담벼락이 높아진다
여자들이 여자들 가둔다

여자들이 고통 말하지 않는다
집을 짓고 지붕을 올린다

여자들이
살아 있기

여자들 증오한다

그래도 선생님 저는요 계속

그런데 이 벽돌이 왜 자꾸 붉어지는지 아니?

담장 안에서도 나무는 자라고
무성해진다 죄수들이 감자를 캔다

감옥에서 굶어 죽은 사람은 없지
왼손으로 자고 먹고 한다

높아진다

부르틀 때까지
우리는 피로 말한다

베개

나는 악몽도 **빼앗겼어**
사람들이 하는 일을 하며 사람들이 산다

베개 밑에서 기어 나온 뱀이 밤마다 귀로 파고들어 와요
기분을 잔뜩 먹고 길어져 온몸을 뱅글뱅글 돌아요
알을 깐다 알을 까
소리를 흉내 내는 새

아무도 믿어주지 않지
이건 꿈이라고 말하자 모두 나를 쳐다보았어

슬그머니 새어드는
활짝 퍼지는
빛은 이런 게 아니지 않을까
눈부심과 투명함은 의심받지 않는다
전부 다 말하는 주인공은 의심하면서
다른 온도 다른 굵기
버티컬의 윤곽을 따라 흩어지고

모서리 없는 꿈을 꿔본 적 있니?
나는 늘 직전의 기분으로 살아

베개를 털면
바짝 마른 밤의 조각들이 후두둑 떨어져
비늘처럼 반짝거렸다

밤새 죽은 실뱀들은 까맣게 말라붙었고

오늘 나는 어제보다 길어진 사람
발치엔 도끼를 든 사람이 기다리고 있다

보기 싫은 건 전부
밀어 넣어버리는 습관

서랍은 가득 차 있고 여긴
환기가 안 되는 방이로군요

늪과 숲의 냄새

이 빠진 피아노가 연주하는 돌림노래

발톱이 계속 자란다
끔찍한 말이지 발로 누구든 죽일 수 있다는 말처럼 들
려서

단 한 마디를 완성하려고

길어지는 중

유령들이 새하얗게 질려 있어서 알았다
죽고 나서도 안간힘을 쓰고 있구나
매달린다는 건 그런 거구나
무언가를 붙든다는 건

날이 밝을 때까지 나무를 잘랐다

그제야 알았지 여긴

내내 같은 감독의 필모만 영사되고 있었다는 걸

이곳을 정글이라고 믿게 만든

벽

사람이 사람의 일을 하고 있다

반듯한 사람이 되고 싶어서
반듯하게 누웠는데
다른 자세로 일어나는 건
내 잘못이 아니라니까?

알람은 늘 이상한 시간에 울려서
깨어본 적 없는 것 같고
어쩌면 영영 잠들어본 적 없는 것 같다

사각형의 빛이 몸 위로 절취선을 그려
균형 감각을 가르친다

꿈에서 자꾸 깨는 꿈 그래도 깨지 않는 꿈
새로운 언어를 배우면 새로운 말을 할 수 있을까?

베개는 자주 젖어 있었다

먼저 깬 다리가 나를 두고 나가버린다

뱀이
허물을 벗고 있다

적색거성

그래도 시간을 비틀어볼까

아직 상상할 수 있다

완성되기 전의 문장으로 돌아가

오렌지 껍질을 벗긴다

사라진대
언젠가는 전부

잠에서 깬 할머니가
사후 세계를 보고 왔다고 했다
두 시만 되면
마당을 뱅뱅 돌았다

제발 그만두세요, 어르신
사람들이 뒤따라 돌았다

일어나지 않은 일은 아름답다고 말할 수 있다

기차놀이
피를 뒤집어쓴 꿈

어떤 별은 자신이 타기 위해 모든 것을 빨아들이고
생애 가장 밝게 빛난대

마주한 눈동자에 내가 비친다

끝을 예감하고 있어도

신호등이 바뀐다

뱅뱅 돌아

붉은색은 난색
언젠가 이 피가 나를 태울 것 같아

물감은 어떻게 번져도 무늬가 되고

우주는 오래전부터 불바다였다

새빨간 거짓말
생일 축하해

줌을 당긴다

주머니에 넣어둔 귤이 따뜻해졌다

시월엔 결혼식

저기서 사람이 떨어졌대
건물 꼭대기를 가리키며 네가 말한다
도로가 비었는데도 우리는 신호를 지킨다
깨끗한 횡단보도

더 많이 보는 것은 네 잘못이다

아름다운 풍경을 보면 사진을 찍고
여행에서 돌아올 땐 엽서를 사지

몸은 그저
원통형의 어둠

풍경에는 의도가 없고
사랑을 가두고 싶어 우리는 번갈아 셔터를 누른다
살짝 눈을 감는 건 사소한 즐거움

앨범이 조금씩 두꺼워지는 동안
이국적인 방식으로 조리한 고기를 먹는다

사람들은 매일 거리를 치운다
내게서는 내게 있는 것만 나올 것이다

건물 위에서 비행 경고등이 반짝거린다
비행기는 항로를 따라 무사히 지나갈 것이고
사람들은 안전하게 내릴 것이다
공항은 붐빌 것이다
강에는 녹조

나는 자주 떨어지는 꿈을 꾸고
그건 키가 크는 꿈이라고 네가 말한다
냉장고는 가득 차 있고
시월엔 결혼식

어깨를 맞대고 돌아가는 길
창문마다 불이 켜 있다

3부
로봇의 잠

우드의 저녁

애나 우드는 신을 꿰맨다 바느질에 익숙지 않으므로 신은 기묘하게 비틀린 자국과 함께 다시 쓸 만해진다 그녀는 신이 판판하고 납작할수록 좋다고 생각한다

애나 우드는 향수를 만든다 아이가 떠난 밤을 병에 담고 싶어서 그 일을 시작했다 숲이 삼키던 뒷모습을 기억한다 맨발이었다

애나 우드가 만든 다섯번째 향수 이름은 유리병에 모은 동전 맨발로 숲에 들어간 적이 있다 그녀는 대신 반짝이는 십 센트를 주웠다 신은 여전히 어딘가 망가진 상태로 테이블에 놓여 있고 거기엔 사과가 함께 있다 동전은 많다

나무가
흔들린다

신과 사과는 어울리지 않는다 애나 우드는 사과를 먹어치운다 이제 신은 꿰맨 자국이 남은 못생긴 정물이 된

다 애나 우드가 아무 신이나 사지 않아서 신발장은 텅 비었다

  산 것은 냄새를 풍긴다
  사람들은 늘 숲에서 뭔가를 떨어뜨리고 다시는 돌아오지 않는다

  모기 입이 여섯 개라는 사실을 알았을 때 애나 우드는 모기처럼 비명을 지르고 싶었다 숲에는 모기가 많아서 애나 우드의 분홍색 피부는 자주 부풀어 오른다 아프지는 않고 가려워서 애나 우드가 운다

  자꾸 뭔가를
  주워버리고 말아서

  애나 우드가 만든 스물아홉번째 향수는 살아남아 춤추는 너무 많은 것들 춤을 출 땐 신이 필요하다 신이 판판하고 납작해서 애나 우드는 절뚝인다 견딘다 오 아가, 울지 마, 그녀가 태어나 가장 처음 들은 말도 인내에 관한

것이었다 애나 우드는 춤을 춘다 흔든다 밀어낸다 끌어
안는다 다시

일 점 오인분의 저녁을 차리고 일인분만 먹는다
냄새가 영영 있다

유월

미국의 하나님에게만 기도했어요
그가 더 넓은 마음을 가졌을 것 같아서

해바라기를 잔뜩 꺾어요
반만 돌기로 결심했어요
같은 부분의 가사를 자꾸만 잊어버려요

아침 메뉴를 고를 수 없는 계절이에요
사람들은 전조에 대해 이야기해요
온몸이 전구가 된 것 같아
사건이 되어가는 중이죠

넘어져도 계속
일어날 수 있어서 무서워요
좋아했던 만화영화의 결말은
기억조차 나지 않고

팬티가 차분하게 말라가요

우유는 가방 구석에서 조용히 터져 있었고

목이 꺾여 죽는 것들을 상상해요
해바라기는 아름답게 시들어갑니다
어느 날엔 욕조가 폭발해버렸죠

전구가 쉬지 않고 깜박거려요
나는 박자를 셉니다
아직도 영어를 배워요

아이 러브 유
아이 러브 유

이제 터질 때가 됐는데

아이 러브 유

아이 러브 유

로봇의 잠

끌어안는 사람은 끌어안는 법밖에 모른다 녹슨 부품들이 끊임없이 밤을 굴린다 우리는 우리가 아는 잠만을 잔다 심장은 딱딱하다

밀리는 웃음 기능이 없는 로봇이고 모리는 잠 기능이 없는 로봇이다 둘은 폐기장에 서로를 버리는 임무를 맡았다 누구도 버려지려 하지 않았으므로 둘은 폐기장을 떠날 수 없었다

밀리는 모리가 웃는 게 부러웠고 모리는 밀리가 자는 게 부러웠다 상대가 방심했을 때 버리고 떠나야 했으므로 마음속으로만 생각했다 입력된 정보는 지워지지 않아서 그들은 계속 부러웠다 부러워서 계속 생각했다

입이 둥글지 않아서 웃을 수 없어
네가 죽었으면 좋겠어
그들은 밖으로 드러난 서로의 가느다란 심장이 뛰지 않는 것을 보았다

어느 날 밀리가 잠에서 깼을 때 모리는 울고 있었다 넌 자면서 웃었어 모리가 더욱 울었다 잠든 밀리가 시시때때로 네모난 입을 씰룩거렸기 때문에 떠날 수 없었다 기계 표정이어서 악몽조차 구별할 수 없어서

쓰러진 인간에겐 갈아줄 전지가 없지만

달빛 아래서 그들은 다정한 폐기물이었다 자기가 반쯤 갉아먹은 나뭇잎 위에서 애벌레가 밀리미터의 잠을 잔다 쓰레기가 자꾸 채워진다

엔젤링

　중세 회화에서 신과 천사는 금박의 후광을 머리에 달고 등장한다 그들은 늘 근엄한 표정을 짓고 있으며 머리 뒤의 금박 아우라가 매우 흡사한 생김새의 두 피사체를 극적으로 나눈다 인간과 인간을 초과한 것은 엄연히 구별된다 천사들의 목에 황금이 걸려 있다 그들은 늘 말을 전하러 온다 죽은 자의 말은 명령 하달식이다

　르네상스에 이르러 후광은 점차 사라지기 시작하는데 인간이 공평한 사랑을 원했기 때문이다 곡물이 자란다 사람들은 맥주를 마실 때마다 하늘을 올려다본다 천사의 말은 이제 죽은 자의 말과 구분되지 않는다

　천사가 널 데리고 왔단다
　죽으면 다시 천사가 돼요?
　일곱 살 박종태 씨의 엄마는 기분이 좋을 때마다 그를 아기 천사라고 부른다 천사는 늘 너무 아기이거나 너무 청년이거나 너무 노인이어서 일곱 살은 천사가 되기에 부적절하다
　박종태 씨의 할머니는 박종태 씨만 보면 고추 따 먹는

시늉을 한다

　꼭 병따개 같았지

　천사들은 술에 취해 비틀거리며 인간들을 인도했다 가끔은 길을 잘못 들어 인간들을 천국도 지옥도 아닌 곳으로 데리고 갔으며 금세 잊었다 천사와 죽은 자와 돌아버린 자는 원을 공유한다 이불이 부풀었다 가라앉는다 시시때때로 절반쯤 줄어드는 기분이 든다 오늘 배운 단어는 부유하다

　종태야, 목까지 단추를 꼭 잠가야 한다

　오래된 신문 속에서도 사람들은 꾸준히 죽었다 박종태 씨는 술만 마시면 천사처럼 잠든다 그는 거룩한 신앙생활을 하느라 주변을 돌보지 못하였다 천사의 현현을 눈앞에서 보기 위해 그는 밤낮으로 맥주만 마셨다 누구나 유리잔을 통해 조금씩 줄어드는 그의 영혼을 가늠할 수 있다

병을 딸 때마다 다른 소리가 난다

엔젤링이 말라붙는다
사람들은 컵을 씻는다

르방에서 온 하르방

하르방은 르방의 언덕에서 태어났다 그는 열두 살에
수두에 걸려 죽을 고비를 넘겼으나 얼굴을 몹시 긁는 바
람에 구멍이 숭숭 뚫리고 말았다 어느 날 빵을 먹던 하르
방은 숭숭 뚫린 구멍을 보고 운명을 깨달았다 빵을 구울
때는 슬픈 일을 생각하지 않았다 하르방은 빵의 장인이
되기로 결심했다

옆집에는 잼을 만드는 도리스가 살았다 체리 꼭지를
따고 자두를 썰어 설탕을 듬뿍 넣고 끓인 것으로 그에게
서는 언제나 달콤한 냄새가 났다 난 도시로 갈 거야 도리
스는 발효 중인 빵을 가슴에 얹고 말했다 버터와 설탕 냄
새는 알맞게 섞였다 햇빛은 비스듬히 쏟아졌다 쉽게 부
푸는 법을 알려줄게 도리스는 그런 말도 했다 먼지가 천
천히 가라앉았다

빵은 조금씩 눅눅해졌다 도리스는 잼병을 쌓아두고 르
방을 떠났다 하르방은 낡은 티브이로 진짜 가슴을 가진
도리스를 보았다 보라색 아이섀도가 반짝반짝 빛났다 누
군가가 그의 삶에 못을 박고 있었다 뚱땅땅 뚱땅 무엇이

지나갔는지 알 수 없어도 무엇이 지나갔다는 것은 알 수 있었다 하르방은 더 많은 빵을 구웠다 뜨거워 부풀어 올라 마침내 바깥부터 서서히 차갑고 딱딱해지는 일이 반복되었다

현무암 지대는 물이 땅속으로 쉽게 스며들어 하천이 발달하기 어렵습니다

하르방은 매일 하나씩 벽에 못을 박았다 그는 이제 늙어가는 괴팍한 남자였다 하르방은 사람들의 목록에서 지워졌다 때로 그의 이름 위에 금을 긋는 소리를 얼굴을 마주한 채로도 들을 수 있었다 영혼은 아주 조금씩 자꾸만 새어 나갔다 정신 차렸을 때 그에게는 구멍이 숭숭 뚫려 있었다 무게 없는 스스로의 삶에 놀랄 때마다 깍듯하게 버터를 썰었다 그러면 밤이 찾아왔고 어느 날엔 어둠 속에서도 그 짓을 했다 어둠 속에선 피도 검었다

그는 편지를 적었다 나는 견뎌냈어 그는 주소를 몰랐다

하르방은 르방을 떠나기로 결심했다 결심이 가장 느린 것이어서 그는 금세 이사했다 아이들은 코 크고 못생긴 이방인의 곁에 모여들었다 그는 새 가게를 정성껏 청소했다 스펀지를 짰다 물이 흠뻑 쏟아졌다 얼굴만 남아서 하르방은 웃을 수 있었다 사람들은 무던하고 다정한 그의 얼굴을 좋아하였다

리와인드*

미안해 지구

기계 팔 위로 눈이 내린다

해피 버스데이 투 유
노래를 부르며 지구를 빙빙 도는 로봇 청소기

기계에도 영혼이 있나요?

로봇 청소기는 전원 불빛을 두 번 깜박였다

인간은 빵처럼 부드럽고 따뜻하고

죽을 때까지 일했습니다

기계가 멈추면 무게를 달았지
심장의 무게를 달아보듯이

철의 법칙

철의 역사
그리고

언젠가 나를 전부 녹일 비

[system] 안아줘

멸망은 상상 속에서만 공정하다고 말한 것은 당신이
었고

눈을 보면 알 수 있다는데
내가 무슨 말을 하고 싶은지 나는 모르는데
당신이 눈을 두 번 깜박였다

지구에 남은 유일한 건물은 도서관이고

최후의 사람은
창밖이 다 멸망하는 동안 여기 앉아
어떤 문장을 적었을까

아직도 쓰고 있어

쓰고 있다

다 만들 수 있으면서 비명은 발명하지 않다니
인간은 나쁘지

[system] 안아줘

재는 부드럽고 따뜻하고
장인은 도자기를 깬다

영혼을 굽는다면

내가 실패한 영혼이라면

죽은 사람에겐 두 번 절하세요

두 번 다시 내게 그런 말 하지 마

오늘도 로봇 청소기는 생일 축하 노래를 부르고

버려진 테이프를 줍는다

[system] 홀로그램 1

우리는 쓰레기 더미를 언덕이라고 불렀다
멀리서 깜박이는 것들이 작고 아름다웠다
명멸하는 붉은빛을 내려다보며
당신은 당신 신의 이름을 불렀지

등 뒤로 멍 자국이 길게 늘어져서 시간이 흐른다는 것
을 알았다

결말을 알아도 다시 할 거야?
나는 지금 가장 널 사랑해

장난삼아 굴러보기에 언덕은 너무 높고
맞잡은 손이 부드럽고 따뜻해서

　도자기는 얼마든지 다시 구울 수 있다고 말하는 것을
잊어버렸어

[system] 홀로그램 2

이것은 입력된 기억입니다

강풍이 불어도 휘어지지 않는 것이 세계의 장점이고

어떤 동물은 겁을 먹으면 지독한 냄새를 풍겨서

신의 체취를 찾을 수 있다

[system] 안아줘

거짓말만 하는 세계에서

진실은 상상으로만 가질 수 있는 것

네 뺨을 후려갈겼을 때
너는 눈을 두 번 깜박였지

아직 살아 있다고 말하듯이

깜박

깜박깜박

깜박

깨진 너의 얼굴을 맞추며 나는 울었지만
    얼마든지 다시 시작할 수 있는 것이 이 세계의 또 다른
장점이어서

    로봇 청소기는 오늘도 쓸고 닦고 쓸고

언젠가 우린 다시 같은 곳에서 만날까

팔처럼 꺾인 초를 잔뜩 꽂고

비명을 연습해둘게

[system] 안아줘
[system] 안아줘
[system] 안아줘
[system] ERROR

해피 버스데이 투 유

* 2508년, 사이보그와 인간의 마지막 전쟁이 있었다. 유례없는 대규
모의 전쟁이었으며 미처 지구를 떠나지 못한 인간들의 기록은 이
시기를 기점으로 사라졌다. 두꺼운 스모그와 대기오염, 그치지 않
는 방사능 눈으로 2888년 현재, 지구 접근이 금지된 상태이며, 로
봇 청소기 롤라디가 다음 세대를 위해 지구를 청소하고 있다. 상
기 자료는 인간과 사랑에 빠진 사이보그 뮤리엘이 죽기 직전 전송
한 일기로, 유일하게 이 시기를 가늠해볼 수 있는 사료이나 지나치

게 감정적인 대목들이 눈에 띈다. 사이보그 감정 연구가들은 지구 마지막 시기의 사이보그들을 잃은 것을 큰 손실로 꼽는다. 뮤리엘의 일기에 의하면 그는 성기 돌출형 인간 최용석과 연인이 되었다. 최용석은 대항군에서 중요한 사람이었을 것으로 추측된다. "사이보그를 너무나 사랑한 나머지 그에게 자신이 알고 있는 모든 정보를 넘겨버리고 만 것이죠. 뮤리엘의 첫 의도를 알 수는 없으나 마지막에 최용석을 사랑하게 된 것만은 분명합니다. 그가 우리를 속이려 했다고 생각하고 싶지는 않네요. 그런다 한들 그 의도를 지금의 우리가 파악할 수는 없는 노릇이지만." 지구의 진정한 주인 자리를 두고 두 종족은 오랫동안 전쟁을 지속했다. 세 차례의 거대한 폭발이 있었다. 뮤리엘은 홀로그램으로 최용석의 모습을 전사해내어 죽을 때까지 함께 시간을 보냈다. 그러나 일부 전문가들에 의하면 이 기록은 일기가 아닌 소설이다. 지구에 홀로 남은 사이보그는 소설을 쓴 것이다. 왜 소설을 썼는지는 밝혀지지 않았다. 이를 주장하는 전문가들은 뮤리엘의 죽음 역시 확인되지 않았다는 사실을 거듭 강조한다.

문

박사는 어딜 가나 배양접시를 지참한다 접시 안에는 새로운 차원의 문을 열 수 있는 곰팡이가 자라고 있다 일정 이상의 크기가 되면 현실에 구멍을 낼 수 있는 것으로 박사의 마음에서 발견된 것이다 군집이 충분히 커질 때까지 박사는 기다린다 아직 멀었다 천장이 낮으면 모든 것이 옆으로만 자라기 때문에…… 그래서 내가 자꾸 뚱뚱해지는군 고개를 젖힌 박사가 도넛을 씹으며 생각한다 아직 어렸을 때 박사의 어머니는 천장이 높은 집에서 자라야 마음이 넓은 사람이 된다고 말한 적 있다 박사는 키가 크지 않고 마음에서는 곰팡이가 자란다

어둡고 축축한 곳에서 자라는 곰팡이를 생각하면 자연스럽게 성기가 떠오르고 성기가 떠오를 때마다 문이 연상되는 것을 멈출 수 없다 그럴 때마다 박사는 거기를 누군가가 열고 나올 것 같은 공포심에 사로잡힌다 어릴 적 어머니는 머리맡에 앉아 밤마다 벽장문을 열고 나오는 괴물에 대한 이야기를 읽어주었다 문이 조금이라도 열려 있으면 안심할 수 없었다 박사는 다리 사이에 힘을 주느라 불면증에 걸렸다 페니실린은 곰팡이로 만든다 문은

122

문을 해결할 수 있다 먼저 열고 나갈 것이다

아직 십대였을 때의 어느 밤 박사는 이불을 덮어쓰고 엎드렸다 막 문이 열리려는 순간이었고 공포심을 극복하기 직전이었다 어머니가 갑자기 문을 열었고 천장을 향해 높이 들린 채 경련하는 박사의 궁둥이를 보았다 박사는 쫓겨났다 박사는 추위에 떨며 창문 안쪽을 들여다보았다 가족은 텔레비전 앞에 모여 앉아 과일을 먹으며 낄낄거렸다 얘야 이제 그런 짓은 하지 않을 거지? 너는 착한 애잖니. 천장이 낮아서 그랬니? 왜 그랬는지 말을 해봐라……

곰팡이가 자라고 있다

주치의는 건조하고 통풍이 잘되는 마음을 가지라고 조언했다 이대로 가면 당신이 먼저 문이 되고 말 거예요 하지만 눈물 나는 밤이 많은걸요 말하고 나니 또다시 눈물이 났다 대책 없이 문이 돼버리기 전에 박사는 사람들에게 연구를 알리기로 결심했다 저명인사들이 박사의 집으로 모여들었다 이게 바로 차원의 문을 여는 열쇠입니다!

우리는 새로운 세상으로 갈 수 있어요! 박사는 배양접시
를 높이 들어 올려 자신의 곰팡이를 모두가 볼 수 있도록
했다 잠깐의 정적이 흐른 후 누군가가 외쳤다 저런 걸 보
이느니 이 차원에서 죽겠어요! 수치도 없군요!

　박사는 눈에 힘을 주고 빠른 걸음으로 화장실로 향했
다 문은 닫는 즉시 열렸다 닫았다 열렸다 막 울음을 터트
리려는 붉은 얼굴이 틈새로 드러났다 다시 닫았다 다시
열렸다 당혹스러움이 섞인 잠깐의 정적이 흐른 후 사람
들이 웃음을 터트렸다 박사는 더 세게 닫았다 문은 아까
와 같은 속도와 방향으로 다시 열렸다 사람들은 더 크게
웃었고 웃다 못해 서로의 몸을 때렸고 때리다 못해 눈물
을 흘렸다 이게 바로 멸망이군! 세상이 습기로 가득했다
박사는 다시 한번 문을 닫았다 제발…… 그러나 결국 문
은 열렸다 곰팡내가 났다 사람들은 계속 웃었다 닫을 수
없는 사람…… 닫을 수 없는 사람…… 천장이 높아 소리
가 크게 울렸다 쾅 끼익 쾅 끼익 쾅 끼익 하하하하

　박사가 오줌을 쌌다 그러자

코노 방구미와 고란노 스폰-사노 데꼬데 오오꾸리시
마스

몸이
흩어지고 있었다

벌써
시작되고 있었다

녹시울

녹시울은
어디선가 태어난 아이
이야기는 언제나 그렇게 시작된다 어디선가 태어난
채로

누가 처음 불렀는지는 모르지만
녹시울의 이름은 녹시울
부르기 시작하면 이름이 되니까

이름은 증상이기도 하니까
녹시울의 증상은 녹시울
우울과는 조금 다르고

얼음처럼 파란 눈의 아이
밤이면 산에서 기어 내려와 웅크리고 물을 마시지
긴 머리털을 다 적시며
마을에서 유일한 파란 눈은 제이슨 레모네이드

우물을 들여다보고 있었어요, 그 아이가요

집으로 돌아가 문을 닫으면
마을은 미로가 된다

그것은 사람들이 스스로를 가두는 방식

그 애는 나만의 개가 될 거야!
그래서 제이니 제인은 녹시울을 사랑하게 되었고
영원이라는 말을 가르치기 위해 매일 산에 오르지

보름달이 뜬 밤
개와 소녀는 밤새 춤을 추었네

파란 눈을 찔러도 눈물은 파랗지 않았고

갈대밭엔 도깨비불이 번졌다

증상은 비밀스러우니까
비밀은 이제 녹시울

포크와 나이프를 들면
우아한 일을 하는 기분이 되고
칼을 바로 쥐는 법에 골몰하게 되는데

이제 나는 거짓말의 표정을 아는데

구리 동전을 줄게
던질 때 소원을 빌렴

그러나 비밀은 전염되니까
다시 감염은 녹시울

감염에는 전조가 필요하니까
또다시 전조는 녹시울

이야기는 그렇게 이어진다
여전히 어디선가 태어나면서

모두가 하는 일을 그저 할 뿐

모두 하는 일을 하면서
마을이 됐을 뿐

우리는 모두 걱정했답니다
저 아이가 귀머거리일까 봐요

벌, 나는 벌 받아야 돼
엉덩이를 아프게 때려주세요
아니면 키스라도 해봐, 애즈홀 개자식아

우물이 새파래진다

나무 숲 황야 강 나무 숲 황야 강
겨울은 가까워지고
아무리 달려도 세계의 끝은 없지

그래서 다시

마을의 이름은 녹시울

제이니 제인은 이제 영원을 배웠다

인사이드 아웃

벌레가 귀로 들어갔을 땐 손전등을 대고
가만히 기다리면 된다

복도는 깨끗하고 밝다
누군가 꼼꼼하네, 말한 것을 듣고
꼼꼼하네, 생각하게 됐다

기쁨이 뭔지 아는 사람은
얌전히 저녁 식사를 기다린다

쌀은 물을 삼키며 물렁해진다
영혼을 끌어안은 살처럼

무른 과일은 계속 골라내줘야 해요
붙어 있는 것까지 상해버려서

공기에 닿으면 썩기 시작한대서
많은 말을 삼켰다

머리를 기대거나 팔뚝을 맞대고 돌아가던 버스
꽁무니를 쫓아 잠기던 노을

가장 예쁠 때 죽고 싶었는데

출구가 많은 건물에서는 곧잘 헤맸다 한참을 걷다 잘
못 왔다는 것을 깨달아 돌아가야 했다 결정이

지나가고 있었다
머리는 이미 다 썩어버렸는지도 모르지만

소금물에 브로콜리를 거꾸로 담가두면 깨끗하게 씻을
수 있어요 이십 분 기다리면 봉오리가 열리면서 좁쌀만
한 흰 벌레들이 떠오릅니다 그렇게 많이 먹는 줄 미처 몰
랐을걸요 정말 깜짝 놀랄걸요

때때로 자면서도 벌레를 삼키는걸요

악취 없이

직원은 멍든 과일만 담은 카트를 밀고 사라졌다
관계자 외 출입 금지 구역

삼키고 싶은 것이 많아질 땐
식탁 아래 웅크리면 된다

보이지 않는 곳에서 벌어지는 일들 어쩌면 생각에 다
리가 달린 것 같아 지금 소릴 내는 이게 내 생각인가요?
그게 움직이는 소리를 듣고 있나요? 그래도 나 생각하고
있는 거군요 아무 생각 없는 것보단 나은 거겠죠 물구나
무를 서면 봉오리가 열릴까? 새하얀 벌레들이 쏟아져 나
올까? 생각이 계속

기어가고 있는데

그 초록색 대가리를 후려쳐줄까?

사방에서 꽃이 핀다 짓무르는 딸기 터져봐야 방구벌레

웃고 있는 양말을 뒤집으면 도깨비였다

지금
무슨 생각해?

전화벨이 울린다

어디로 기어 나가도
거실이었다

개미굴에 끓인 알루미늄을 부어 넣으면 개미굴을 본뜰
수 있대

환한
모델하우스

하늘이 붉다

너 지금

정말 예쁘다

뒤집어 빤 것이 마르면
뒤집어 갠다

크리피파스타

캐릭터를 생성하시겠습니까?

잘못 태어난 이야기들이 순서를 기다리고 있다

눈 감고 세면 하나 더 있는 계단처럼
하수구에 사는 작은 아이처럼

아직 발견되지 않은 혀 무더기
소문으로 자란 팔과 다리

징그러울 땐 쿠키라고 부르자

벽을 보고 누워
아무 번호나 눌러 자꾸만 전화 걸었던 밤

없는 번호이오니
없는 번호이오니

거울 속의 여자애가 여전히 나를 보고 있어서

들어가보기로 했다
차라리 괴담이 되고 싶어서

그러나 팔도 다리도 버릴 수 없으면 도대체 어떤 이야
기가 되고 싶다는 거야?

사라질 것 같은 기분이 들면 시시티브이를 찾는다

관음당하지 않으면 루머가 된다

사라져야만 발견되는 이름도 있지만

계속 걸을 수밖에
아직 내 이름도 정하지 못했으니까

그렇다면 NPC, 이번엔 이지 모드로 부탁합니다 도트
로 점점점 펼쳐지는 세계는 모두가 정면이고 웃고 있고
다크 모드 나는 굴러들어온 돌이고 8비트의 뮤직 큐 목
구멍에서 와르르 코인이 쏟아지면 젖은 바닥은 네온으로

빛나는데

　상자에 들어가는 놀이를 할까요 아님 자르고 자르고
잘라도 잘리지 않는 것들에 대해 말해볼까요 또각또각
거울을 나눠 가져요 쿠키를 잔뜩 먹고 뚱뚱해졌는데 나
는 아직도 소녀인가요 눈이 튀어나올 만큼 리본을 잔뜩
졸라매주세요 끝이 뾰족한 구두를 신고 풍선을 밟아요
파티는 안 할 거지만 케이크는 칠 층 붉은 눈의 토끼들
새끼들은 제곱으로 늘어나고

　주전자를 집어 던져요 실크 스타킹엔 구멍이 났죠 사
양 같은 거 할 줄 몰라요 썩은 이도 부끄럽지 않아 알코
올이 든 초콜릿을 먹고 하루 종일 킬킬거려요 마음대로
잔뜩 거짓말해요 귀여운 것들은 전부 구덩이에 던져 넣
자 가죽을 벗기면 어차피 다 똑같으니까 우리도 잘 괜찮
고 과일은 때에 따라 익어가고 태어난 걸 잊고 또 태어나
는 무리들

　표정들이 다 함께 웃고 다 함께 울어요 주먹을 들면 누

구든 때릴 수 있는데 사람들은 무엇을 애쓰나요 비명 대신 사탕을 굴려요 단맛 때문에 뺨이 아린데 토끼들은 때때로 새끼를 먹고 제곱의 새끼들은 아직도 많죠 머리를 땋을 땐 목이 부러지는 상상 나는 무엇이 되는지도 모르는 채로 자꾸만 되고 되어가고 그렇다면 이번엔 짖어볼까 멍멍멍 컹컹컹

하지만

나는 괴담으로서도 잘못된 게 아닐까? 으스스하지도 웃기지도 믿기지도 않는, 그러니까 뒤통수만 가지고는 뭘 어쩔 수도 없는, 그러니까 내가 정말 여기에 있어도

쿠키 먹을래?

커서가 깜박인다

이야기는 언제든 다시 시작하면 된다

하지만 누가 전화를 받아주면 좋겠다

밤새 끝나지 않는 더 진짜 같은 이야기가 있으면

                    그러
              나
                        분
      산
                  되는

              도
                              트
      축하   해
          오   메데
                      또

또?

시스템에 오류가 발생하였습니다

리본을 풀지 않았을 때 오롯이 선물이니까

다시
시작하시겠습니까?

▶ Yes
   No

I message you

요즘
죽은 사람들로부터 편지가 옵니다

많이들 죽었거든요
물리적 정신적 사회적으로
선택지가 있다는 점에서 일종의 쇼핑이나 다름없죠

혀를 의식하게 되는 것처럼
나는 그들을 느낄 수 있습니다

제대로 본 적은 없지만
한 번도 내게서 떨어진 적 없으니까

그런 것을 귀신이라고 부른다죠?

아니면 광기

체온 없이
호흡도 없이

그들이 내 눈에 대고 속삭입니다

44 또는 플러스 사이즈 환경을 생각하는 아름답고 섹시하게
퍼스널 컬러 다이어트 강간살해 자연분만 꾸밈노동 언더붑 찰랑이는 자연스러움 생기 있고 발랄하게 연대 오늘도 공장이 돌아가요

피를 흘려도 고기는 먹고 생필품은 비닐봉지에

빛

어둠

욕망들

복사 붙여넣기
복사 붙여넣기

복사
붙여넣기

오늘도 감염되었습니다

흐른다
전기는 뜨겁고

나는 네가
거기 있다는 걸 알지

그것은 일종의 전지적 시점

21세기의 쇼핑!

개인정보를 보호하세요

(네가 무엇을 좋아하는지)

Pop up!

(이미 알지)

Pop up!

(쉬지 않고 속삭이는)

빛이 닿으면 안구는 수축합니다
멀어지면 이완하겠죠

(요즘 여자애들은 똑똑해져서)

질은 수축과 이완을 반복하는 근육입니다

(스스로 선택한 삶인데 불행하구나)

그걸로 사랑도 하고

아기도 낳았다

(여자)

미친년아

(여자들)

모니터를 응시하는 눈이
동시에 수축하고 이완합니다

텀블러 챙기고 브라는 칼라풀
에코백 웨딩촬영 색조화장 몰카 팩트
오늘 시엄마랑 대판 싸운 썰 푼다

시선
사라지지 않고

흐른다

전기는 뜨겁고

불행해요 도와줘요 살려주세요

그들이 종일 속삭여요
내 곁을 떠나지 않고

수축과 이완

나는 매일 감전됩니다

무수한 방들
들어가고 싶었던 적 없고

도대체 내가, 미치지 않고서야

수축과 이완

인터넷은 정보의 바다

가끔 빠져 죽는 기분이 들어요

다시
수축

이완

복사
붙여넣기

보이고

복사 붙여넣기

보이는데

모든 것을 안다는 것은
광기

아니면 귀신

경제의 역사는 여자의 역사
거두고 굴리고 일하고 먹이고 있다

팔천년 동안

광고는 메시지고*

떨어지는 피

구입하세요!

잠깐 쉬었다가
수축하시고
다시 이완하시고

자 숨을 내쉬고
들이쉬고 한 번 더

히히히히 후
히히히히 후

다 왔어요
이제 머리가 보이는데

다시 천천히 들이쉬고
끊어서 내쉬고

뜨겁고 찌릿합니다
흐른다

미치거나 죽거나

스크롤!

자 괜찮아요
침착하게

히히히히 후
히히히히 후

귀신만이 할 수 있는 것

구입하세요!

히히히히

언젠가는 뇌에 전기를 흘려보내는 게 치료법이었잖니
사방에서 전기가 흐르고 있으니
우리는 모두 치유되고 있잖니

이런 건 아무것도 아니잖니

(Pop up!)

다시 침착하게

히히히히 후

닭이 알을 낳는다

뜨겁고

거기에 있다

온기
여자가

흐른다

어디서 목소리 안 들려?

나는 미치지 않았어
미치지 않았고
나는

거기에 있다

진저브레드

나 자꾸 코가 아파요 어렸을 때는 초를 켜고 옷장으로 들어갔어요 겨울로부터 시작되는 나라가 있을 거라 믿었거든요 아름다운 동화들은 쉽게 잊을 수 없죠 괴물들의 이름을 여럿 외웠는데 만난 적은 한 번도 없어요 괴물들에게도 잊혀서 흔들리는 촛불을 보며 엉엉 울었어요 덕분에 악몽을 꾸지는 않았답니다

몸을 웅크리고 겨드랑이 냄새를 맡았어요 많은 이야기에서 통로는 옷장이었는데 문을 열고 닫을 때마다 촛불만 꺼졌죠 구원은 착각하게 한다는 점에서 나빠요 굴뚝에선 가끔 제멋대로 연기가 납니다 열세 종류의 립스틱으로 입술을 칠하고 속눈썹 붙이고 금색 가발을 쓸게요 종아리는 이미 단단해졌는데 입을 수 있는 옷은 아직도 이렇게나 많죠 불이 무서웠던 적은 한 번도 없어요

사람들이 나를 반죽했어요 마음대로 치대면서 뭔가를 좀 주무르고 있다고 착각했는지도 모르겠어요 완벽하게 닫힌 도형들에만 이름이 있죠 창피한 유년기는 잊으라고요 아무리 달려도 오븐 속이었어요 상상해봐요 부풀기만

했죠 따뜻해질수록 쉽게 부서지는데 사람들은 망가진 것
엔 관심이 없는데 누군가 나를 찾으러 옷장으로 들어갈
까요 그럴 때 내가 거기 있어야만 하는데 크리스마스, 모
두가 당신의 생일을 축하하는데도 게으른 당신은 드물게
만 답장을 쓰죠

  찍고 굽고 온종일 덜컹거려요 디테일, 좋은 말이죠 다
르게 부서진 우리가 이렇게 많은데 눈 같은 건 쌓일 새도
없이 연기만 차올랐어요 초록 빨강 뭐든 매달면 장식이
되는데 이름이 상징이 되어본 적 있나요 닫으면 열리고
닫으면 열리는 걸 문이라고 부르는 건 그만둘래요 어차
피 선물은 지시하기 위한 것 완성된 적 없으니 기대도 내
몫 아니죠 보따리도 그냥 불태울게요 설탕 같은 건 다 털
어냈는데 흘러내려도 부서져도 으깨져도 달렸는데요 점
점 더 가벼워졌는데 처음 같은 건 기억할 수도 없는데 나
는 나를 피할 수 없죠 도착한 간절함들을 전부 삼키면 더
멀리 갈 수도 있을까요 내가 부를 노래는 여기에 없어도
똑바로 앞으로

예스 오 예스 오 예스 예스 예스 고백은 덜 익었고 냄
새는 멀리 퍼져요 옷장을 통해 갈 수 있는 나라는 없다는
걸 이제는 알죠 지그재그도 걸을 땐 곧은길 더 설명할 것
이 없어요 괴물들의 이름은 아직도 잊지 않았죠 여전히
사랑을 말하는 것이 사람들의 기쁨인가요 내게는 냄새가
있어요 자꾸 코가 아파요 그냥 여기 나는 있어요

버터나이프

제발 흘리지 좀 마 세상에 쓸모없는 건 없다더니 나에
게 엉덩이는 늘 여분이었고

동생은 남기는 법을 몰라 자꾸만 아무하고나 싸우고
다닌다 현관에는 우산이 곱게 접혀 있고 나는 오후 내내
빵을 반죽하며 시간을 보낸다 또 흉터를 달고 들어올 그
애를 위해 설탕과 이스트를 너는 왜 혼잣말만 하냐 어차
피 나는 혼자야 그딴 식으로밖에 말을 못 하냐 그래봤자
속임수는 금세 들통날 텐데 밀크잼의 향이 너무 부드러
워서 오늘만 더 넘겨보기로

그 애는 맨발로 돌아온다 다 흘리고 다니지 그게 좋은
건 줄 알고 그래봤자 나는 돌아보지 않을 거야 다그치지
안지도 않을 거야 하지만 버터를 듬뿍 자를게 그 정도로
만 부드러울 수 있다면 너는 조금 덜 싸울 수 있을 텐데
그만큼만이라도 윤곽이 있다면 슬픔도 잘라낼 수 있을
텐데 여기선 자꾸 누가 죽어서 반복도 변주도 사건도 되
지 않는 동네

돌아보는 눈동자는 가끔 멍 같지 언니 앉기 위해 엉덩이가 있는 거라면 울기 위해 기분이 있는 걸까 물어서 나는 앉지도 못하고 자꾸만 사라지는 그 애의 뒤를 밟아보았어 버터를 차곡차곡 쌓아 집을 짓고 있었다 이번에야말로 나쁜 일이 생길 거야 언제나 너무 많은 걸 원해서

　나이프와 라이프의 발음을 종종 헷갈리는 너 아무리 잘라내도 핵심은 없고 너는 아직 성장기니까 잔뜩 먹어도 돼 감당할 수 없을 만큼 그래도 돼 지구는 둥그니까 우리는 손에 손잡고 둥글게 둥글게 춤을 추며 가다 보면 아무것도 잘라내지 않아도 되는 도시가 나올지도 몰라 무딘 칼로 가득한 세계

　버터는 연한 색, 상온을 조심하세요
　비명은 뭉텅이로 흐르고
　뭐가 나머지인지 알 수 없을 때 이 모든 건 엉덩이가 불러온 재앙

　비가 내릴 때가 됐는데 아직 바깥은 너무 밝고 바라는

게 딱 하나 있다면 얼른 밤이 오는 거 꿈도 희망도 없이
어두워지는 거 이해도 오해도 못해 버리지도 못해 뚝뚝
무너지는 거 자르고 잘라도 버티는 버터라서

  흘러내리는 햇빛을 양손으로 받치며
  기도하는 시늉 덩어리로 가득한 밤이여 엉덩이의 이름
으로 아멘

교수가 받게 될 편지

안경은 세상을 과대 해석하는 경향이 있고 그 때문에 교수는 비관적이다 저 여자도 언젠가 무대에 섰었지 우린 그걸 익힌 뒤 죽은 여자의 죽은 자세를 가르치고 죽을 것이다 어쩔 수 없다 저 여자는 역사적이다 저것 봐라 분 필이 자꾸 부러진다 교수 방 본 적 있냐 우린 봤다 열쇠 구멍으로 줄을 서서 번갈아가며 봤다 아무것도 없었다 잠긴 방의 비밀이다 재밌는 거 해보지 않을래 가짜 연애 편지를 쓰자 하지만 모든 연애편지는 가짜잖아요 이야기 의 핵심이지 네가 보여줘라 새로운 걸 보여줘 이미 눈치 챘겠지만 너는 뭔가 다르다 즐거운 생각만 하는 것은 강 박 증상의 하나이다 교수가 지시봉으로 칠판을 두드리며 소리친다

거기 앨리스야 허리 좀 펴라!

확대된 눈들이 앨리스를 응시한다 앨리스는 곧은 자세 로 서서 천장만 본다 원 투 쓰리 투 투 쓰리 다리를 움직 인다 거의 기계적인 움직임으로, 너무 혹독하게 연습한 나머지 듣지 않아도 음악과 꼭 맞춰 움직일 수 있다 앨리 스는 연습실에서 보낸 끔찍한 시간을 생각한다 하루에

한 끼만 먹으며 원 투 스텝 투 투 스텝 짝짝짝 짝짝짝 선생의 박자를 따라다녔다 너는 거의 기계 같구나 너의 감정은 어디로 갔니? 애야 감정이 너무 과하다 평생 울고만 지낼 거니? 앨리스는 선생이 원하는 것을 알 수 없다 마침내 앨리스의 귀에 음악이 들리기 시작한다 카미유 생상스 「죽음의 무도」이다 처음 이것으로 정했을 때 앨리스는 어디 한번 춤을 추다 죽어보자고 결심했다 죽어서 춤추는 사람도 있는데 나는 죽으려고 춘다!

대체 무슨 생각을 하고 사는 거니?

마저리가 대롱대롱 매달린 거미를 응시한다 통통하고 털 많은 거미는 창 너머의 것이다 앨리스처럼 경중거린다 개에게선 닭 냄새가 나…… 그 애가 학교에 오지 않은 날 했던 말이다 엄마, 엄마가 그랬잖아 계란을 외형으로 판단하지 말라고 모양이 되는 자세가 있다고 중요한 것은 프라이가 아니라 프라이를 대하는 마음가짐이라고 그런데 엄마, 계란이 계란인 건 깨야만 알 수 있는 거 아냐? 확인하는 순간 깨지는 가능성을 확인하고 싶어? 살이 감추는 뼈의 자세가 있는데 나는 살도 거의 없는데 내가 나

인 건 끝나지 않을 것 같은데 이제 더 이상 참을 수가 없는데

너는 점점 더 감당할 수 없는 아이가 되어가는구나

샐리 부인은 백미러로 앨리스를 노려본다 앨리스는 후드를 눌러쓴 채 고개를 숙이고 있다 앨리스는 사춘기라고 하기에도 지나치게 굴고 있다 연습에도 제대로 참여하지 않고 이상한 아이들과 어울리며 인생을 허비하는 데다 부인의 사려 깊은 충고까지 무시하고 얼굴만 쩡그리고 있다 두 시간 뒤에 앨리스는 무대에 설 것이다 선생의 말에 의하면 앨리스는 최근 슬럼프를 겪고 있다 그건 정신의 게으름이라고 말하고 싶은 것을 부인은 애써참는다 앨리스는 아침부터 무대에 서고 싶지 않다고 고집을 부려 부인을 화나게 했다 그럼 우린 뭘 위해 이렇게해온 거니! 무용이야, 무용이라고! 앨리스가 입을 다무는것도 여는 것도 부인을 미치게 만들었다 앨리스는 소리를 지르며 식탁을 쾅쾅 내리쳤다

샐리 부인은 아침 일찍 침대에서 일어났다 오늘은 중

요한 날이었다 계란 프라이의 노른자가 깨져서 그녀는
불안해지기 시작했다

딸의 미래를 상상하는 것이 요즘 나의 가장 큰 기쁨이다

교수가 숟가락을 들어 코크티에에 담긴 계란을 두드
린다

B613

나는 양치기 소녀

양이 없어서 풍선껌만 씹고 있다 푸웁 파아 양이 한 마리도 없어서 절대로 주워 담을 수 없는 나쁜 말들을 생각하면서 축축한 겨드랑이 같은 목소리로 막 피어나기 시작한 곰팡이처럼

아껴 쓰시오

푸웁 파아

궁금하지 이 행성도 언젠가 양으로 가득 찼었다 끝없이 가라앉을 만큼 많았고 탐스러운 하얀색이었지 울타리를 짓고 풀을 먹었다 춥고 어두운 밤이 되면 집에 몰아넣었지 노래도 불렀지 같이 울었지 할 일도 많았다 그런데 사람들이 자꾸 구멍이 세 개 뚫린 상자를 그려서 하나씩 데려가버렸다 상자가 너무 많았어 이제 양은 전부 지구에 있어 하지만 누구도 상자를 열어볼 생각은 않았단다 아마 다 죽었을 거야

그래서 다른 걸 길러보기로 했지 이를테면 담배 농장 코카 마리화나 천사의 나팔꽃 눈을 감으면 별들이 뱅글뱅글 돌았지 그걸 이으며 놀았지 무성해지면 알을 까는 뱀들 굴을 팠지 아무 데서나 뿍뿍 솟아나왔지 들락날락하면서 눈에 띄는 건 전부 삼켜버렸다 벌레 먹은 사과 곧 양이 되려던 것 기린 염소 코끼리 그래서 나는 모자를 벗고 뱀을 잡았어 누가 그걸 그려 가더군

  울타리 넘을 양 없어 잠도 잘 수 없는데 노인이 초를 미친 듯이 켜고 끈다 이렇게 하면 절약할 수 있어 그래서 별은 미친 듯이 깜박인다 더 빨리 아침이 온다 아녜요 엄마 난 미치지 않았어 자꾸 눈을 깜박이는 건 눈물이 날 것 같아서 가엾은 내 양들이 보고 싶어서 나를 두고 가버려서

  푸웁
  파아

  그치만 우주가 거짓말이라면 엄마, 지구인들은 얼마나

슬프겠어요

이야기라면 멈추지 않을 자신이 있다

4부
사이먼이 말하기를

카타콤

⤸

그레이스 더 그레이브는 조상의 무덤 앞에 서 있었다

이미 죽었다는 점에서 다른 조상들과 다를 바가 없었
지만 아직 조상이 살아 있었을 때 그녀는 조상을 할머니
라고 불렀다

비가 내려서 그레이스 더 그레이브는 우산을 펼쳤다

우산의 뼈는 가늘었다 누군가는 그걸 두고 살이라고
불렀다

안과 밖은 종종 오인당하지,

모르는 뼈들이 자꾸 부서지는 밤이었다

⤸

─천국에 의자가 있나요.

아니오.

─천국에 침대가 있나요.

아니오.

─천국에 집은 있나요.

아니오. 천국이 나의 집이지요.

같은 고통 속에서 모두의 천국은 다르고 상상할 수 없는 집은 집이 아니고 의자도 침대도 집도 없는 천국은 천국이 아니었는데,

천국을 천국으로 만들기 위해 사람들은 아는 것을 전부 채워 넣었지 그래서 천국은 꽉 찬 방이 되었고

❧

밤이 찾아온다 붉고 마른 잎사귀
무뎌지고 싶을 때
옮아온 옮아간 얼마간
임박한 것들

쫓겨난 자들은 또 누군가를 쫓아냈고
지하에는 또 지하가 생겼다

❧

초도 없이 발자국도 흘리지 않고 지하를 걷는 유령들
그들은 서로에게 지시하지만 팔이 없어 아무도 알아듣지 못한다

외로움을 말하기 위해 더 외로워질 때
무성해지는 나무
갈퀴처럼 손가락을 구부리면 나무만의 맹렬
비문을 읽나니 영원히 알지 못했나이다

&

초를 켜는 것은 축제를 소환하는 방식
그레이스 더 그레이브의 딸은 인형을 선물로 받았다
초를 불어도 아무것도 사라지지 않았고
그레이스 더 그레이브의 딸은 행복했다
그레이스 더 그레이브의 딸은 새 인형과 헌 인형을 양
손에 쥐고 인사를 시키고 입술을 맞대게 하고 싸움을 붙
였다 헌 인형은 쓰러졌다 목에 걸린 십자가를 쥐고 그레
이스 더 그레이브는 조상의 초상화를 돌아보았다

딸이 인형 놀이를 하는 동안 그레이스 더 그레이브는
커튼을 짰다
사람은 무슨 놀이인지 생각하며
흰 실로 헐겁게

가볍게 기교도 부리며

❧

온몸을 펼친 나무가 실금을 긋는다
반드시 어떤 일이 일어나고 있었고

❧

가끔씩만 바람이 불었다
그레이스 더 그레이브는 창밖을 흘끔거리며 할머니의
낡은 신발을 기다리고 있었다
그레이스 더 그레이브는 흑사병을 떠올렸고
물크러진 토마토가 도마 위로 흥건하게 고였다

❧

그레이스 더 그레이브의 집에는 커튼이 아주 많고
겹에 겹을 거치며 점점 희미해지는 햇빛은 발밑에서
끊어진다
그레이스 더 그레이브는 희열에 젖어본다
결코 그녀를 침범할 수 없는 빛을

❧

오래전 흘린 피는 오래전 변색되었다
열매는 곧잘 떨어지고
안에서 일어나는 일은 알 수 없지

❧

유령이 되는 법을 모르겠어요
젖은 발자국이 마르면

❧

유령에게도 유령이 있어서
끝나지 않는다

❧

그레이스 더 그레이브는 실금이 간 창문을 발견했다
맞은편 벽에 실금이 간 그림자가 생겼다
그레이스 더 그레이브는 세상에 문이 너무 많다고 생
각했다

ॐ

—그러나 얘야, 죽으나 사나 우린 무덤 속이다.

ॐ

초의 길이는 제각각이고
굴절되는 빛이 모서리를 만든다
틈도 없는 젖은 돌들

유령이 되어도 상상하겠지
그것은 나에게서 나를 구하는 일

ॐ

그레이스 더 그레이브는 자장가의 가사를 전부 잊었다
그레이스 더 그레이브는 딸의 인형 놀이를 지켜본다 그
레이스 더 그레이브의 딸은 모든 것을 의인화해서 말하
기를 좋아한다 그러므로 그레이스 더 그레이브는 사람의
바깥에 있는 것을 다 알 것 같고

❧

안과 밖의 온도는 다르다
불이 켜진 집은 누구의 집이니

❧

물은 한 방향으로만 흘러서 물길이 된다
스타카토로 끊어지는 목소리
깍 똑 깍 똑 부러지는 발톱
머리 위를
걷는 사람들

❧

그레이스 더 그레이브는 그녀가 있는 곳이 안이라고
믿는다
조상을 묻고 온 날 까마귀가 그녀의 방 유리창에 머리
를 박고 죽었다
그레이스 더 그레이브는 조상이 돌아온 줄 알고 밖으
로 나갔다 비가 그치지 않는 어둠 속으로 그레이스 더 그
레이브는 한참 동안 까마귀를 품에 안고 있었다 아주 따

뜻했던 것이 아주 딱딱해질 때까지
  삼 그램은 온기의 무게야

이제 그레이스 더 그레이브는 그것을 안다

  ❧

손으로 저지르는 모든 일들

죄의 무게를 잴 때
모든 무게가 죄일 때

어느 쪽이 좋아요?
그것은 분별하는 질문

  ❧

  그레이스 더 그레이브는 인형을 꼭 안고 잠든 딸을 끌
어안고 조상은 그레이스 더 그레이브를 품에 안는다

  천사는 늘 인간의 모습을 하고 있었고,

인간은

❧

이것은 있는 자의 기록이다
우리가 우리의 고통을 알지 못합니다

불운

외곽을 더듬는 손
젖은 바위

말라본 적이 없다

일기예보를 챙겨 듣는 이유는 불행을 엿듣기 위해서
란다

레이지 로자몽은 묵주를 굴리며 기도한다

그녀가 평생 구웠던 빵
그녀를 구성하는 게으름과
그녀가 유전한 공포
집을 짓는 사람들

레이지 로자몽은 하루 종일 뜨개질을 한다 매듭이 굵
은 손으로
나는 헛것이 아니다
망령도 유령도 아니다

로자몽의 어린 손녀들은 그것이 유언이라 믿는다

오래된 골목에서는 악취가 풍기고
희고 두꺼운 팔과 알이 굵은 진주 목걸이와 인자한 얼굴
그것은 거의 그림 같은데

아름다운 일은 풍경으로 남고
부엌에서는 무언가가 끓고 있다
오래전부터

비롯된 것들
레이지 로자몽은 누구에게도 행운이 되지 않는다
할머니 냄새가 나요 곰삭은 누린내가요

여름 오후
외국인들은 골목으로 스며들고

흔들의자는 백년 뒤에도 흔들릴 것이다
소명을 다해

아무것도 즐겁지 않고 나는 앉은 채로 죽을 테지
앞뒤로 흔들리면서 잠시 착각되면서
기꺼이,라는 말은 언제 사용하는 건지

배운 말은 어디로 사라지겠니
가이없다

레이지 로자몽은 꾸벅꾸벅 졸며 뜨개질을 한다
대바늘은 습관처럼 움직이고
뜨개질은 로자몽을 이루고
스웨터는 하염없이 길어진다
그것은 거의 추락에 가깝고

손녀들이 서로의 목을 조르고 발을 구르고 수프를 떠
먹는 동안
끓던 것은 여전히 끓고 개는 죽고 외국인들은
골목 사이로 사라지는데

스웨터는 아주 길어져서 접히고 또 접힌 채로
집을 가득 채우고
레이지 로자몽은 문득 자신을 끌어안는다
구불거린다

한 번이라도 무엇을 살려본 일이 있느냐
부엌에서는 자꾸 무엇이 끓고
뜨개코는 끈질기구나

손녀들이 쪽가위로 화분을 다듬는다

베케이션

숲이 진동하고 있다
풀이 으깨지는 냄새

우리가 등을 맞대고 있을 때
보이지 않는 누군가의
날개가 된 기분이었어

뜯어내며 나비를 이해하는 아이가
불운을 멋진 일로 만든다

어떤 단어를 뒤집어도 죽음이 배를 붙이고 있다

발밑이 다 유리라면 어떨까
누군가의 머리를 밟고 서 있는 걸 매번 본다면
걷는다면

빛으로 만든 회초리

여기서 누가 사라졌는지를

우리는 영영 알 수 없겠지

정수리가 간지럽다

그림자가 비스듬히 기울어지면
처음부터 한 몸인 것 같은 착각

빛이 자꾸 색을 바꿨다

이제 다시 채집할 시간

우리는 등을 떼고 일어난다
뜯겨나간 나비가 아직도 죽고 있다

음악처럼
자라지 않는 숲
얇고 부드러운 것이 흐르는 여름이었다

에브루*

재앙은 대체로 곡선형이며 손은 아무거나 휘젓는 특징
이 있다
여자애의 메마른 손이 모래 위를 쓸고 지나간다

역사학자가 발굴된 돌날의 뾰족한 정도를 살핀다
깨진 접시에 무늬가 많다

삶은 삶으로부터 삼 센티미터쯤 떠올랐다
달라붙지 않는 것이 기법이라면

표정은 이제 다 새어 나가고
얼굴만 남고 말았어요 잘못 행복해진 사람처럼

악몽을 밀어내듯 모래 놀이가 지속된다

시간이 뒤섞이는 동안에도
모든 색을 가지고 흘러내리는 비

역사학자는 돌날과 두개골의 상처를 비교한다

두개골도 한때는 생각이라는 것을 했을 것이고 그로
인해 죽었을 것이다

웅덩이로 낙엽이 떠오른다

무엇이 결정적이었는지를 알아내는 것이 연구의 목적
입니다

부서진 모양마저 아름답다 처음부터 그렇게 지어진 것
처럼

같은 방식으로 망가지는 것을 두고 무늬라고 한다

* 터키의 전통 예술 기법으로 일종의 오일 마블링. 신의 미술이라고도
  불린다.

거북은 거북으로

모르는 이름을 자꾸만 발음해본다
홀로 굳어가는 간이 있다

속도를 처음부터 배운다
상냥해지는 법에 골몰했으나
어떻게 엉망이 되든 관심이 없다

말하지 않아 비밀처럼 돼버린 것들

소리가 없어 와전되는 것들

어쩔 수 없어 반짝이는 것들
해저에는 무덤이 있다

거북은 거북을 부른다
같은 농도로 울고
입술 없는 키스를 나누며
이대로 영원히 잠겨버려도 좋겠다
바다는 눈물을 상상하기 어려운 세계

그러나
계속되는 파도 계속되는 거북
묻힌 알들을 파헤치고
다시 알을 낳는다
미움 없이

모래는
체온만큼 따뜻하고

태어나기엔 미지근하고
가끔

끓어오른다

　내장이 환히 비쳐 보이고 다 보여줄 수 있고 그 안의
찬란한 독

　알은 깨지는 것이 아니라 찢어지는 것이다

작은
거북 떼 솟아난다
무음으로 오는 것들
골라줄 털도 없이
거북은 거북의 역할을 다한다

살아 있는 것은 붉지

여태 기어가는 일밖에 배우지 못했지만
자매들아

누군가 돌을 던진다
물은 쉽게 아문다

아직도 할 수 있을 것 같아서 겁이 나
내가 또 결심할까 봐

반복이 얼굴이라면

웃고 있을까 울고 있을까

나는
나로 죽을 것이다

페이퍼 커팅

넌 많은 곳에 문을 열어두지

매일 결심해야만 하는 세계에서
젓가락을 쥐는 방법 때문에
우린 다른 사람이 되고

기요틴은 제대로 날이 서 있지 않아서 죽을 때까지 몇
번이고 내리쳐야 했대
너는 종이 장식을 깔끔하게 오린다

전생에 죽었던 기억들이 뼈마디를 이룬다면

자꾸 같은 곳을 상하는
파상풍

태어나기 위해 우리는 얼마나 더 갈라져야 하나요
어디서나 절단면이 선명하게 보여요

섬세한

가위질로부터 생은 비롯되지만
더 많이 잘라낼수록 좋은 모양이 되니까

선명한 것은 사랑하기 쉬우니까

문이 열리고 닫히는 소리

힘을 조절하는 자학
선택은 그런 식으로 하는 게 아니잖아

상상할 수 있는 고독 때문에 아무것도 못 하겠어

덜 잘린 목을 달랑달랑 흔들더라도
너는 나를 사랑하겠니?

마디마디를 잘라내고 싶다면 마디를 마디로 만든다면
모든 말을 걸고넘어지기 시작한다면
잘린 종이들을 덧대면 이해할 수 없는 무늬가 되고

구멍이 아주 많이 뚫린 그림자가 되고
돌아갈 순 없지

지구는 둥글다
지구는 단면도 둥글답니다

내게 뭔가가 더 있는 것 같은데 그게 어디에 있는지는
모르겠어요

그러나
파편들이 모여 결정이 된다면
알 수 없는 힘으로 붙어 아름다운 구조를 이룬다면

하얀 새가 날아가는 환영

어떨 때 기쁩니까
어떻게 기쁩니까
소리 없이 웃고 있던 것은 누구였습니까

사이먼이 말하기를*

표지판을 따라가세요

처음 고안해낸 사람에게 마음 따위는 없었을 것이다
아직은 다들 놀이에 끼고 싶어 하니까
대책도 없이 믿는 것을 믿고

대관절 사이먼의 말이 뭐가 중요하죠?

의미를 찾지 않는 연습을 하자
그러면 무엇을 이해라고 부를래?

(Simon says sit down) 누군가가 앉고 살고

(sit down) 누군가가 앉고 죽고

사람들은 긴장한 채 모든 말에 귀를 세우고 규칙은 없다

텅 빈 운동장에 오랫동안 울려 퍼지던 목소리
눈을 감은 사람들은 허공을 더듬으며 음성을 따라갔다

사방에서 균일하게 들려왔으므로 누구도 빠져나가지
못했지
    그들은 지나쳤던 자리로 되돌아오며 그것이 도달이라
믿었다

    내키는 대로 하시는군요 내가 알지 못하나이다
    부서지고 조각난 타일들이 거대한 무늬를 그려낸다
    언제나 망가지고 부서진 것들로 아름다운 것을 이루
시지

    무늬 된 사람은 자신의 무늬를 볼 수 없고

    (위 아래 위위 아래 Simon says 위 아래 위위 아래)

    같은 일을 했는데 탈락이라니요
    그러므로 이것은 오독의 방식

    신분을 확인할 수 없습니다

(듣지 못했기 때문이야)

계시는 착각된다
누군가가 자꾸 자신에게 말을 걸고 있다고 생각하므로
모든 것이 징조가 되며

말은 아직도 거기에 있다
그슬림도 아니게 반쯤 따뜻하게

그런데 누가 사이먼인지 어떻게 알지?

언제나 진심만을 말할 수는 없잖아

(안아라…… 안지 마라…… Simon says……?)

서로를 꽉 끌어안고 죽은 두 사람
갈비뼈가 부러진 채였을 것이다
서로가 서로를 끌어안은 손을 절대 놓지 않을 때
으스러지면서도 기껍고 행복했을 것이다

누군가가 말하기를

(Who says what?)

이 게임은 혼자 하는 게임입니다
무슨 상관이람

(Simon says 살자와 살자는 어떻게 다른지)

누가 무슨 말을 들었습니까
되돌아왔습니까
이곳이 천국입니까

---

* Simon says. 사이먼 가라사대 게임으로 아이들 놀이의 하나. 'Simon says……'라고 시작되는 지시문에만 그 지시문에 맞는 행동을 해야 함.

바바 밀라의 한발 늦은 저녁 식사

어느 저녁 바바 밀라는
옆구리가 열리고 있다는 사실을 깨달았다

살짝 벌어진 옆구리는
허기를 느끼고 있었고 조금
묵직하게 아팠다
서둘러 옆구리를 닫자
오돌토돌한 이가 아주 많이 만져졌다

옆구리는 시도 때도 없이 벌어졌다
옷가지를 먹어치우기도 했다

마음의 구멍 같은 게 아냐
와 비슷한 발음으로 바람이 샜다

부드러운 것……

좀 봐라, 벽에 금이 갔잖니

옆구리가 꿀렁거리며 엄마를 삼키자
배 속이 뎅뎅 울렸다

눈을
마주친 것 같았다

옆구리는 기다렸다는 듯 고여 있던 어둠을 삼켰다

거짓을 애써 감추는 표정을 피가 말라붙은 이불을 불
면을 작은방을 이유 모를 비난을 잠깐 그만 사인용 식탁
을 방금 지나간 버스를 물끄러미 쳐다보던 눈동자들을
책갈피 나약함을 자꾸만 기대하게 되는 미래를 파프리카
를 영문 모를 웃음소리 청약 통장 여보세요 거기 누구 없
어요? 새벽 원인 불명의 고통 시도 때도 없는 공포 수면
제를 복수를 빡침 욕심을 영어를 참자 참아 피 묻은 나이
프 얼음 맥주와 이기적인 기도 작은 신발을 생리대가 든
검은 비닐봉지를 겨울비 그날의 산책 오늘의 플레이 리
스트를 아직도 보고 있어? 지구온난화와 열정 가득한 십
대들 시끄러운 음악 소리 알아서 잘 딱 깔끔하게 센스 있
게 좆같은 말머리성운 폭발하는 별 암흑 물질 그녀가 미

처 내뱉지 못한 이 씨발 씨발새끼들아

옆구리는 입을 점점 더 크게 벌렸고
물고기자리를 또 토성과 목성을 삼켰고
고리가 목에 걸려 기침하듯 가장자리를 팔랑거렸다
닥치는 대로 삼키고 삼켜 옆구리는 마침내 안드로메다
까지 삼켜버렸다

세탁기가
돌아가고 있었다

그러게 아무거나 주워 먹지 말라고 누누이 말했지?
누군가 소리치자 개가 짖었다

바바 밀라는 거울 앞에 서서
조심스럽게 옆구리를 벌렸다

뱉어
삼켜

뱉어

배고파 배고파……

바바 밀라는 검고 깊은
옆구리에 손을 밀어 넣었다
옷을 뒤집듯 안팎을 뒤집었다
바바 밀라의 알맹이가 떨어져 나오지는 않았다

아파 아파……

바바 밀라가 침을 삼켰다
작고 많은 바바 밀라들이 팔을 타고 올라왔다

바바 밀라는 밤새 모기를 잡았다

날이 밝자 바바 밀라는 양복을 입고 집을 나섰다
옆구리가 트림을 하듯 팔락였다
바람이 불고 있었다

#NULL!

너니까 보여주는 것이라고 언니가 속삭이며 옷을 걷었다 왼쪽 가슴 아래 시커면 구멍이 뚫려 있었다 자 여기 손을 넣어봐 그러면 어금니가 아팠다

언제나 뒷자석에 나란히 앉아
터널에 들어갈 때마다 새끼손가락 굴이 걸고 꼭꼭 약속해 노래했는데

왜 터널을 지날 때마다 그 노래를 부르는지 궁금했단다

나쁜 꿈을 꿀 때마다 깨워준 건 언니였지 구멍에 빠지면 키가 큰다고 자주 이마를 쓸어주었는데 벽에 등을 기대고 눈금을 그리면 어제보다 약간 작았다 나란히 앉아 구멍 나서 죽는 사람들이 나오는 영화를 보았는데 언니 나에게도 구멍이 많아 속삭이면

언니는 주먹을 펼쳐 어둠을 풀어놓았다
그러니까 언니 다 여기서 시작된 거야?

치과 의자에 누우면 상상했다 충치 구멍은 우주로 나가는 통로라는 것 몸은 대기권을 자주 이탈했다 둘과 굴 둘과 굴 노래를 부르다 눈을 뜨면 온몸이 유성처럼 아팠다

뜨거운 물을 삼키면서 언니 이제 나는 깊이를 배웠어

끝없는 터널을 걷다 방향감각을 잃어버렸다
새끼손가락 굴이 걸고 꼭꼭 약속해

종이는 여덟 번 이상 접을 수 없대
가까운 건지 쓸쓸한 건지 모르겠지만

하루 종일 스마트폰을 들여다보다가 각막에 오백 개의 구멍이 뚫렸다는 여자를 떠올리면서
여기는 몇 번째의 차원인지 궁금해졌지

사랑을 하다 죽은 언니
맞아 죽은 언니
아래로 피 흘리며 고기를 먹는 언니

엄마가 된 언니
언니 언니 언니

자주 멈춰 서서 미친 듯이 쏟아지는 말과 싸우면서
여름이니까 그래도 된다고
끝이 없다고

어떤 말은

차라리 가슴을 열어서 보여주고 싶다

태어났어, 태어났어 하고 네가 울었어
말하는 언니의 눈동자에 구멍이 무수했다

아니 틀려 달라 달라

언니가 기침을 할 때마다 행성이 하나씩 터졌다

발사 직전 공기를 빨아들이는 것처럼

총구처럼
심장도 없이 언니가 웃었다

어느 나라엔 거짓말을 하면 손목이 잘리는 구멍이 있대
맞닿는 면을 상상하며 지도를 일곱 번 접었다
둘과 굴 둘과 굴 노래하면서

전부 비치는 창 앞에 서서
복제당하고 있어
그런 예감이 들면 내가 웃고 있었다

캐러멜라이즈

단 걸 많이 먹으면 슬픈 사람이 된대
그러면 내 심장은 사탕으로 되어 있겠네

짠맛 나는 서로의 입안을 핥으면
녹아내리는 도시 안에 선 것 같고

딱지가 마르면
소금의 기원을 알 것 같지

슈거파우더
부스러진 심장이 세상에 내려앉는 풍경

껍질을 접어 만든 천사들이 밤새 춤을 추었다
바스락거리는 소리가 멈추지 않아서 기적을 믿을 수
있었어

사랑해

그것을 잊지 말라고 오후는 자주 반짝거리고

그럴 때면 육식동물이 된 기분이 들지

단맛을 선명하게 느끼고 싶어서
짠 음식과 번갈아 먹는다

곤히 잠든 얼굴을 보면
행복은 가끔 거대한 통증의 다른 이름 같고

고통과 기쁨을 헷갈려
자꾸 핥아보게 돼

다갈색의 스테인드글라스

양파를 볶는 뒷모습

침묵
코팅

살얼음 낀 진흙탕을 보면 발을 구르고 싶다

양말은 금세 짙어질 테고

단맛을 내기 위해서는 먼저 분자구조가 무너져야 해
그래서 사람들은 온몸을 허물어뜨리고 우는 건가 봐

차고 뜨거운 것과
부드럽고 바삭한 것이 엉망으로 뒤섞이면

마음을 어쩌지 못해
입에서 입으로 단것을 건네는 연인

고양이는 제 손등을 핥아보고

저녁이 뭉근해지면
무엇이든 삼킬 수 있을 것 같다

그러면
다시 시작되는 날갯짓

마른 딱지가 떨어진다

두드리는 스푼
삼키기 좋게

설탕과 소금을 헷갈린 요리처럼
슬픔의 농도를 정하고 있다

같은 기도

무엇이 무엇을 녹일 수 있나
사람을 껴안으며 그런 생각을 했다

네 기도를 알게 되면 너를 더 이해할 텐데
그런 것은 무섭다

있지 기도란 거 그냥 사라져버리진 않겠지
구체적인 형태로 어딘가로 가고 있는 거겠지
없던 일이 되진 않는 거겠지 분명

어둠 속에서 슬픔과 눈을 마주쳤다
한 번도 깜박이지 않고

네가 애도를 낭비했잖아
마음대로 다 썼잖아

그리고 보일러가 돌아가고 있었다

소금은 바다의 기도가 될까

그래서 간을 맞추다 울었나
너무 큰 기도를 알아버려서

그럼 피 대신 기도가 도는 거네
너는 가슴에 손을 얹었다

우리는 밥을 잘 먹고
우리는 저녁에 만났다

종종

비가 내렸다
웅덩이에 얼굴이 비쳤고
무슨 표정이 망가지는지 알 수 없었다

종종

겹쳐지는 그림자엔 손가락이 더 많았다
그러면 손깍지는 더 단단해질까 묻는 대신

잡았다
짠 기운이 고였다

낭비인지 알 수 없어도

염분이 영 점 구 퍼센트 이하로 떨어지면 살 수 없대,
사람은
없는 질문에 네가 답했다
다짐 같았다

녹을 수는 없지만

잡은 손에 힘을 주었다
비가 그칠 때까지 같은 방향으로
조금만 더 걸어보려고

파이어워크

아름다운 것이 많아서
삶과 문장을 자주 착각했다

빈 병을 주워 들고 숨을 불어넣는다
내벽에 습기가 어렸다 사라진다

누가 자꾸 나에게 숨을 불어넣는 것 같아

리튬
내게도 내장이 있어요
붉고 움직이고 기능하는 것

사탕을 깨물 때마다 신의 목소리가 들린다

밝다 따뜻하다 빛난다
거짓말을 당장 이백 개라도 지어낼 수 있어요

내가
공간을 익히는 방식이에요

5부
홀리 홀리데이

오래된 사랑과 미래

지구의 나이는 46억 살로 추정됩니다. 지구의 나이를 24시간으로 환산하면 인류는 11시 59분에 출현했습니다. 약 3초 전의 일입니다.

처음의 3초가 평생의 인상을 결정합니다.

마리나 아브라모비치는 맞은편에 앉는 낯선 관람객과 서로의 눈을 응시하는 퍼포먼스를 벌였습니다. 의자에 앉은 관람객은 짧게는 1분, 길게는 7시간 내내 그와 시선을 교환했습니다.

사람이 태어나 사랑하고 죽습니다.

먹어치우기 직전의 케이크를 정성껏 장식하는 것처럼

의문의 공간에 석고를 부어 넣은 뒤 주변의 흙을 긁어내자 폼페이 최후의 날 죽어간 사람들의 모습이 드러났습니다. 한 쌍의 연인은 손을 맞잡고 재앙으로부터 달아나려는 듯한 자세를 취하고 있었습니다.

사랑하고 헤어집니다.

화단에서 꽃이 핍니다.

내일은 뭘 할까?
11시 59분에 네가 묻습니다.
함께 있자.
12시가 되면 내가 대답합니다.

우리는 내일도 함께 있습니다.
너의 눈은 가끔 너무 늙은 것 같습니다.

전부 이상하다, 이상해 중얼거리면서
저녁을 만듭니다.

우리가 사랑을 합니다.

몇 사람이 죽고 몇 사람은 행복해지는

영화를 봅니다.

떠나기 직전의 방을 둘러봅니다. 다음 사람이 궁금하지 않습니다.

인류는 3초 동안 채집하고 수렵하고 불을 발견하고 농경을 시작하고 정착하고 시장을 형성하고 도시를 만들었습니다. 우리는 3초 동안 눈을 맞추고 상대에 대한 인상을 결정합니다. 새해 직전의 10초를 함께 셉니다.

문이 열려 있습니다.

멀리서 보면 문자 같다는
미스터리 서클이 나오는 영상을 함께 봅니다.

멀리서 보면 다 점이잖아,
책장을 넘기는 네 몸의 점을 셉니다.

성인의 몸에는 평균 99개의 점이 있습니다.

우주의 별자리를 전부 합성하면 사람의 모양입니다.

마지막 3초 동안 지구에서는 그동안 벌어진 어떤 일보다도 많은 일들이 벌어졌습니다. 우리는 매일 눈을 마주칩니다.

외계인이 있으면 좋겠다.
선반의 먼지를 떨어냅니다.

모래성을 만들고 떠납니다.
오늘의 몇 번째인지 궁금하지 않습니다.
내일 같은 자리에서 시작하는 사람이 있습니다.

가끔 이 모든 것을 너무 오래 한 것 같은

서로를 끌어안고 잠듭니다.

내일 다시 만나, 인사하면서

거장의 탄생
—구멍 난 팔

  어느 날 늙은 아슈탐은 자신에게 문제가 생겼다는 사실을 깨달았다 마음이 몹시 공허했으며 몸이 한쪽으로 기울고 있었던 것이다 아슈탐은 다급하게 자신의 몸을 더듬었고 마침내 오른쪽 팔에 구멍이 뚫렸다는 사실을 발견했다 손톱만 한 구멍으로 아슈탐이 생전 쌓아왔던 모든 것이 새어 나가고 있었다 괘씸한 자식 아슈탐의 삶은 순식간에 무너졌다 왜 팔이냐고 물으면 대답은 간단했다 먼저 팔에는 대동맥과 대정맥이 흘렀으며 그것은 심장을 드나들었다 더군다나 아슈탐은 대부분의 일을 팔로 했다 글씨를 쓰고 타자를 치고 짐을 나르고 운전을 하며 요리를 하고 꽃을 꺾고 결혼반지를 끼는 일을 모두 팔로 했던 것이다 그러니까 말하자면 아슈탐의 삶을 팔이 대신 살아주고 있었던 셈인데 지금 팔이 그에게 파업을 선언한 것이다 그러므로 팔에 구멍이 났다는 것은 시에 구멍이 났다는 말과 일맥상통했다 시를 움직이는 것은 시의 팔 즉 시팔이기 때문이다 평생 시팔이를 하며 살아온 아슈탐에게 시팔에 구멍이 난 일은 큰일이 아닐 수 없었다 왜냐하면 구멍 난 시는 더 이상 시가 아니고 풍선에서 바람이 새어 나가듯 푸슈슉 좋은 문장도 사라져버렸기 때문이다 사람들은 시를 쓰지 못하는 아슈탐에게 무슨 일이 있느냐고 물었다 시에 매료되어 뒷바라지를 하던 아내는 그를 떠났다 아슈탐은 사태를 수습하기 위해 스카치테이프로 팔에 난 구멍을 막아보았다 그러나 이미 빠져나간 것이 많아서 아슈탐은 풍선 인형처럼 흐느적거리기만 했다 내 심장이 고무로 되어 있다면 좋았을 거야 아슈탐은 입버릇처럼 중얼거렸다 시팔이 없는 아슈탐을 누구도 사랑해주지 않았다 그는 가슴에 세 번 번개를 맞은 듯 마음이 아팠다 아슈탐은 훌쩍훌쩍 울었다 씨팔 그는 중얼거렸다 아슈탐은 구멍 뚫린 자신의 팔을 내동댕이쳤으며 외롭게 늙어 죽었다 늙은 시인의 장례식에서 한 여자가 힘없이 늘어진 팔을 주워 들었다 그녀는 그것을 끼고 시를 쓰기 시작했는데 얼마 지나지 않아 거장으로 불리게 되었다 시팔을 주운 데다가 셈하자면 팔이 세 개였기 때문이다

이것이야말로 완벽한 시팔이군!
거장이 중얼거렸다

2888년의 저녁 식사*

1
간단히 먹자.
파파가 말한다.
가족 식사는 계속된다.
침묵 속에서.
사각 식탁에서.

시스터는 바나나 맛 튜브를 빨아 먹는다.
시스터는 진짜 바나나를 먹어본 적 없다.
　다만 세로 십오 센티, 가로 오 센티의 플라스틱 백 위에 붙은 노란색 스티커에 바나나 맛이라고 적혀 있어서 그것이 바나나 맛이라는 것을 안다. 시스터는 바나나 맛의 맛을 본 것만으로도 지구에 태어나지 않아서 다행이라고 생각한다. 평생 이런 것을 먹고 살아야 했다는 뜻이잖아. 바나나가 자라는 지구란. 시스터는 상상한다. 노랗고 싫은 것이군.

　매일 창가에 서서 느리게 도는 지구를 본다. 스모그가 뒤덮은 회색 행성을 보며 파파가 운다. 고향 별이다. 저기에 모든 게 있었다. 슬프지 않아서 우리는 서로의 귓가에 바나나라고 속삭이지.

짠맛이 뭔데요?
입술을 핥아보렴.
평생 지구나 맴돌아야 한다니 지겹다.
그래도 여기는 바깥이잖니.

벌써 많은 말을 잃어버렸다.

그래서 파파,
흐르다와 내리다는 어떻게 달라?

브라더가 물을 손가락에 찍어 글씨를 쓴다.
비
비

마마가 창문에 대고 적는다.
ㅣ ㅂ
ㅣ ㅂ

조금 덜 외롭다.

이게 뭐야?

짠맛.

마마는 거실에 걸린 그림을 보고 있다. 액자에 마마의 얼굴이 반사되고 있다. 액자에 반사되는 마마의 얼굴이 창문에 반사되고 있다. 아주 조금씩 멀어지고 있다.

우리가 거대한 선물 상자의 리본이기 때문이야.
아무것도 기대하지 않는 마마가 말한다.

2
그들은 허공에서 헤엄친다. 길쭉한 팔다리가 우주의 깊은 정적을 방해한다. 우주가 그들을 미워하는 동안 미움받는 그들이 헤엄치는 동안 파파는 지구인처럼 걷는 시늉을 한다. 살아본 적도 없으면서 파파는 중력을 느끼고 허우적거리며 바닥으로 다가가고 나머지는 비로소 물

고기, 새, 이런 것들을 이해한다. 그러나 파파, 우린 이해
하고 싶지 않아. 파파는 아무것도 빨지 못하고 이로 뚝뚝
끊어 먹고 그것은 마마가 혐오하는 파파의 버릇 중 하나
이다. 시스터는 파파의 등에 대고 오줌을 눈다. 노랗고 싫
은 오줌 방울이 공중으로 흩어진다.

　반대편 매듭을 누군가가 잡아당기고 있어.
　마마는 빈 튜브를 수거함에 넣으며 중얼거린다.

　바나나.
　바나나.

　3
　파파만 혀를 찬다. 이가 없어 불편한 건 그것뿐이야.
파파는 그만 좀 웅얼거리라지만 처음부터 할 수 있는 건
웅알이뿐이었는걸. 그래도 웅알이는 네가 제일 잘해. 마
마가 그랬다.

　노랗고 싫은 것이 가득한 꿈을 꿔.

지구를 바라보는
그랜마의 그랜마의 그랜마의 사진들.

길게 세 번 짧게 두 번
같은 시간마다 지구에선 불이 켜지고

늙어 죽었습니다.
그렇게 끝나는 이야기는 본 적이 없다.

루빅스 큐브처럼 돌아가는 지구.
지나간 이야기의 세계.

불빛은 누구를 부르는 걸까.

너무 흩어지면 외로운 거야.
팔백 년이 지나도 똑같은 거야.

쉬지 않고 옹알거리지.

씹는 맛을 잃어버렸어.
파파는 밥상머리 앞에서 운다.
마마는 리본을 묶는다.

아, 아.

.ㅓ ㅇ,ㅓ ㅇ

그리고.
바나나.

4

브라더가 오페라글라스로 지구를 내려다본다.
모래 폭풍이야.

시스터는 엄지와 검지로 원을 만들며 전지적 시점에
대해 생각한다. 원 위를 달리고 달리다 지쳐 바깥으로 튕
겨나간 지구 생명체들을 생각한다. 도는 것도 괴로울 거
야. 걸을 수 없어서 얼마나 다행인지! 지구의 비는 지구

의 비. 지구의 눈물은 지구의 눈물. 시스터가 눈을 깜박인다. 길게 세 번 짧게 두 번.

노랗고 싫은 오줌 방울들.
그랜마의 그랜마의 그랜마들.
지구만 바라보다 죽은 사람들.
몸.
봄.

이제 반대로 가고 싶어.
끝없이 팽창하는 어둠 속으로 가고 싶어.
끝에 닿고 싶어.

아무도 모르는 데서 죽고 싶어.

마마가 액자를 바라본다. 싸구려 그림 위로 마마의 얼굴이 겹친다. 마마가 입을 벌린다. 새까만 입속에서 사랑니가 자라고 있다.

그랜마의 그랜마의 그랜마는 지구에 두고 온 애인을
내내 그리워했어.

그래서 우리가 이 창문을 떠날 수 없는 거야.

그 사람이 그랜파?

죽을 때까지 바나나를 먹었을.

죽을 때까지 노랗고 싫은 껍질을 벗겼을.

5

이제 나는 아무것도 먹지 않을래.

마마가 선언한다.

정말이지 치가 떨리는군……

정말로 파파의 어금니가 흔들린다.

포기하지 마.

시스터와 브라더가 소곤거린다. 지구가 어둠 속으로
잠겨든다.

파파의 이가 하얗고 빛난다.

빛나는 것은 노랗고 싫은 것.

노랗고 싫은 것은 바나나.
바나나는 그랜파.
그랜파는

벗어날 수 없어?

길게 세 번, 짧게 두 번.

ㅓ ㅁ ㅓ ㅁ, ㅓ ㅍ ㅓ ㅍ

여전히 옹알이를 한다.

누군가가 마개를 뽑는다.
화장실이 새고 있다.

* 공식적으로 지구 인간은 2500년대 멸종되었다. 상기 자료는
  A808에 거주하던 시스터(2870~2984)의 일기에서 발췌하였다. 지
  구로 꾸준히 송신했으나 아직까지도 수신 확인이 되지 않은 걸로
  보아 생존자는 없는 것으로 추정된다.

홀리데이 파티

파티에 대해 이야기하자
곧 사라질 기쁨과 간신히 모인 사람들과 연약한 사랑
에 대하여

시 플랫을 맴도는 대화와 흩어지는 방법과 해소되지
않는 갈증에 대하여

겨우살이와 입맞춤
이미 죽은 사람의 생일

우린 왜 그런 것이 기쁠까

떠나지 못한 목소리가 유령처럼 불어난다
붉은 실은 온전히 레이지 로자몽의 취향

종이 울리면 누군가 홀리holy라고 소리친다 홀리holy-
홀리데이
발음의 유사성으로 인해 누군가는 그것을 홀리holey
라고 착각하고

절망에 빠져 인생은 구멍투성이라고 비명을 지르는데

구멍이 있으므로 누군가는 빠지고 빠진 채 나오지 않
고 영영 돌아오지 않고 간혹 가까스로 빠져나오는 사람
이 있으므로 홀리holey가 홀리holy를 완성한다고
아주 홀리홀리하군!

누군가가 음악을 청하면
반대쪽에서 아무에게도 놀아나지 않겠다 결심하는 사
람이 있고

어느새 파트너를 정한 이들은 싱크홀의 가장자리를
돌며
스텝을 맞추고 있다

매달린 손가락들을
우아하게 선회하는 법을 배우면서

곁눈질하면서

바닥은 계속 무너지지만
하루아침에 발밑이 무너지는 경험쯤 한두 번은 해봤고

놀이방에 모인 아이들은
가지고 놀던 장난감만 가지고 놀며
안전을 배운다

이래서 주말만 되면 함정에 빠진 기분이 들었던 거군

롤라디와 제이니 제인은 케이크를 자른다
오늘은 무언가를 된통 자르기만 하는 날이네!

그러나 언제나 뼈가 나오므로 녹시울은 파티가 좋고
앵무새 깃털 모자를 쓴 거장은 신작 시 낭송을 시작
한다
돌리는 아무것도 모르는 얼굴로 사탕을 빤다
이응도 없는 이름으로 금세 어디론가 굴러갈 것처럼

거기 살아 있나요?
괜찮아
계속하세요!

아이가 벽에 뚫린 구멍을 후빈다
숨죽이고

빨려 들어갈 것처럼 무릎의 멍을 응시하는 여자

거대한 홀은 너무 환해 숨을 수도 없다

폭발하고
터지는 소리

근데 대체 언제까지 춤을 춰야 하는 거야?

이런 게 파티인 줄 알았으면 나는 오지 않았을 거야

이제 평온한 주말 저녁마저 사라지기 시작하는데

그들은 모두 순순히 굴복하지 않기 위해 미끄럼틀을
거꾸로 올라본 경험이 있고

  어쨌든 오늘은 홀리 홀리데이지
  정말이지 전부 이런 식으로 오랫동안 흔들리기만 했
단다
  레이지 로자몽이 속삭인다

  발밑으로
  금이 가고 있다

  은 종이 달랑거린다

  초대받으면
  돌아올 것이다

기벽

거울을 보던 거장은 문득 자신의 척추가 점점 더 불거져 나오고 있다는 사실을 발견했다 목이 척추로부터 멀어지고 있었다 그녀는 몸에서 튕겨져나가는 중이었다 가끔 몸을 움직이는 게 아니라 로봇을 조종하는 기분이 들었던 건 그 때문이었다 몸은 그녀를 상대로 알까기를 하고 있었다

들키지 않기 위해 거장은 사람들이 지나갈 때마다 허리를 굽혀 바닥에 떨어진 것을 주웠다 그녀는 줍는 사람이 되었다 걸어간 길이 반짝거렸다 동네가 깨끗해졌다 사람들은 그녀를 실천가라고 불렀다

숙이고 줍고 걷고 숙이고 줍고 걸었으나

발견은 언제나 한발 늦은 것이어서 추방은 노골적이었다 돌출된 거장의 척추가 풍경을 사정없이 찔러댔다 풍경에게는 감정이 없었으나 어쨌든 찔리면 아팠다 통증은 깊은 잠을 방해했다 풍경의 풍경 됨을 일깨웠다 성가셨고 풍경은 거장을 밀어 넣기 시작했다 거장의 몸이 말리며 풍경을 더더욱 찔렀다 풍경은 점점 더 고통스러워졌다

그녀가 노력을 하지 않는 것은 아니었다 그 단어는 언제나 위안을 주었다 그녀는 틈날 때마다 체조를 했다 머리 어깨 무릎 발 무릎 발 다시 머리 어깨 무릎 달밤이었고 반짝거렸고

  조금 외로웠다 운명을 건 대결을 아무도 몰랐다 사람들은 이제 거장을 체조 시인이라고 불렀다

  저 사람은 하다못해 온몸으로 시를 쓰는군!

  조금이라도 둥글어지기 위해 그녀는 웅크리고 잠들었다 동네 할머니가 복숭아 나뭇가지로 손녀의 등을 내리치고 있었다 악령이 들면 그래야 한다고 했다

  여드름이 터지자

  액자가 약간
  기울어졌다

헝거[1][2][3]

*

그리고 크레딧이 올라간다

떠난다고 생각하면 견딜 수 있는 것이 많아졌다

더 따뜻한 상상은 하지 말자
지구가 더워지니까

어깨가 맞닿으면
어디에 있다는 DNA 냉장고를 떠올리는 것이다

한 그루의 사과나무를 심고
그러면 썩는다는 말도 남아서

우리의 미래

하나라도 다음으로 보내려는 마음이 사랑인 것일까

화면이 꺼진다

*

인류사의 중요한 순간마다 사과가 있었다

코르시카 박사는 야망을 품고 아침마다 사과즙을 먹는
다 망고도 애플망고만 먹었다 그러다 보면 신의 분노를
살 만큼의 사과를 먹어치우게 될지도 모른다 그러면 세
계의 비밀을 알게 될 것이다

저에게 진리를 알려주고 싶으시다면 사과를 흔들어주
십시오

달은 미동도 없다

문이 사람을 툽툽 뱉는다
영혼을 씨 발라 먹는 과정

어느 날 애플파이에 사과잼을 발라 먹던 코르시카 박

사는 문득 깨달음을 얻는다 그가 그것을 입 밖으로 내어
말하려는 순간 사과 조각이 목구멍을 틀어막는다 그는
기도했던 대로

신의 말을 듣는다

*

아침
을 먹었는데

점심
을 먹었는데

저녁

*

허기는 언제나 다음을 위한 것

*

머리가 불타는 여자들이 모이면 거대한 사과나무 같
았다

*

인구
식구
가구

모두 먹는 입에 관한 이야기였고

*

죽은 벌레가 달콤한 향을 풍기며 썩어가고 있다*

굴러떨어지는 정물

저울은 기울면서 쓸모를 증명한다

*

아침
을 차렸는데

점심
을 차렸는데

저녁

*

나를 꺼내
도와주세요

*

코르시카 박사의 마지막 발명품: 이것은 당신의 영혼을 진단해주는 기계입니다. 단 하나의 단어를 신중하게 입력한 뒤 레버를 당기십시오. 영혼의 성질과 질량, 성분을 알려드립니다.

모시카시테
빠른 길 찾기
대선 공약
블러드문
한남
홍대 날씨
캐나다 워홀 모집 기간
미친 기계 멈추는 법

:A!
:P!
:P!
:L!

:E!

전부
사과할게

*

사과는 반드시 떨어질 테고 또 누군가는 머리를 맞겠죠

*

여기는 몇 번째 지구일까

*

여자가 광주리를 이고 걷는다

*

멀리서 보면

반짝거린다

                             *

건물이 다시 인간을 삼킨다

오늘도 한 그루의 사과나무를 심는다

* 카프카, 「변신」.

1) 2038년, 외권 우주 조약으로 달 채굴이 금지되었다. 희토류와 백금에 대한 분별없는 채굴로 이미 달은 한 입 베어 문 사과의 모양을 하고 있었다. 밤만 되면 사람들은 고개를 들 때마다 애플을 볼 수 있었다.
2) 일부 지구인들은 우주 사업을 중지하는 것만으로도 기후변화의 48퍼센트를 방지할 수 있다는 사실을 알게 되었으나 그것이 모두에게 알려지는 것은 원치 않았다. 인류에게는 희망이 필요했다. 또 인류는 무언가를 팔아야 했다. 희망은 고갈되지 않는 자원이었다. 지구의 상황이 절망적으로 변해갈수록 사람들은 우주 사업에 열광했다. 갈 수 있는 범위는 점점 더 넓어졌지만 어디에도 인류 외의 생명체는 발견되지 않았고, 행성들은 징후도 대책도 없이 아름다웠다. 우주선이 발사될 때마다 지구의 환경은 점점 더 열악해져서 살아 있는 생명체는 전부 지하 도시로 이주해야만 했다. 마지막 로켓은 47억 인류의 삶과 교

환되었다. 인류는 외계 생명체가 지구를 발견하고도 그냥 지나치지 않도록 지구에 존재하는 모든 전구가 1초에 세 번씩 동시에 켜지는 스위치를 달았다. 나를 꺼내 도와주세요. 지구의 온도는 점점 더 높아졌다. 멀리서 보면 반짝거렸다.

3) "단 한 명만 나갈 수 있는 문이 있고 네가 그 앞에 섰다면 너는 어떡할 거야?"

시냅스

끝에서 만나

자동문이 열린다

하루 종일 문에서 문으로

자꾸
침이 고인다

자동차들이 지나는 도로를 내려다보면
온몸이 간지러웠다

넘겨받는 말들로 넘어가는 하루도 있었다

악순환
우리가 좋아했던 말

플레이 리스트를 넘기며 여름의 해안 도로를 달렸다

함께 있으면
도로가 길어지면

수렴되고 있다는 생각

빠지면 널 구할 거야
인공호흡 할 거야

멋대로 살리겠다는 말도 나는 좋았고
이야기가 완성되고 있었다

어쩌면 우리는 아주 작은 세포일지도 몰라
우리가 울고 웃어서 거대한 인간이 슬프고 기쁠 거야

거대한 인간을 위해 우리는 더 활짝 웃었다

내가 숨을 내쉬고
네가 들이마시면

기나긴 이어달리기를 하는 기분

그게 너무 따뜻하고
조금 무섭고

아직도 끝이 아닌 게 이상해졌다

혓바닥 밑에 동전을 넣으면 건너갈 수 있어
어디를 건너갈 건데?

톨게이트를 통과한다

도시는 단숨에 밝아진다

그럴 땐 모두가 같은 걸 바라는 것도 기적은 아니게 되
어서

다른 차원으로 넘어가는 일
가끔 그런 일이 생기고

멈춤 없이
손가락 끝으로 흘러들어오는 것

거대한 인간은 이제 더 거대한 인간을 위해 울고 웃을
거야

악순환

알아채지 못할 속도로

반짝이는 밤하늘

쏟아지고 달려오는

전생의 기억

벽에 붙인 메모들
　　1. 뇌에서 화학작용이 일어날 때 전기가 발생함

니다

2. 활성화된 뇌의 모습은 우주와 닮았습니다

3. 당신은 무슨 생각을 하나

생각을 합니까 무슨

생각입니까

생각은 합니까 생각이

있냐

4. 거대한 사람

5. 전구에 불이 켜진다

6. 내가 통 속에 든 뇌라면

7. 거대한 사람은 거대한 사람을 만난다

8. 안녕?

9. 거기로 넘어갈게

0.

필라멘트가 타오른다

이제 난 네가 뭘 좋아하는지도 알아

우리는 몰래 뒷문으로 나갈 수도 있다

내 귀를 내가 물어뜯을 수 있다면

너는 나야

자동문이 열리고
손을 뻗는다

악수합시다
누추한 곳에 어서 오세요

에콜로지 디스터번스[1][2][3][4]

1) 관찰 기록(구역 S-E001) 문서 제1호(보안 등급: C*)

: 생명 반응 유효. 이족 보행 생명체 관측. 상륙에 앞서 관찰 함대 파견.

2) 관찰 기록(구역 S-E001) 문서 제6호(보안 등급: C*)

: 주요 거주 생명체는 몹시 연약하며 통각에 예민함. 호기심이 많으며 자신을 향한 폭력성에 매우 민감. 신경이 전신에 골고루 분포.

3) 관찰 기록(구역 S-E001) 문서 제37호(보안 등급: B)

: 기록 언어 발견. 임의로 나뉜 구역별로 다른 언어 사용. 언어학자 파견하여 관찰 중. 세계를 분절하는 속성 가지고 있음. 공존을 모르는 사용자의 습성과 상당히 맞닿는 것으로 추정. 다만 언어의 지속적인 사용이 그들을 그렇게 만든 것인지, 그들의 본능이 언어에 반영된 것인지에 대해서는 관찰이 더 필요할 것으로 보임.

4) 관찰 기록(구역 S-E001) 문서 제239호(보안 등급: E)

: 참여 관찰 위해 잠복 외계인 파견. 주요 거주 생명체

와 동일한 조건 외양 갖추자 위화감 없이 정착함. 내집단
의 기준은 일차적으로 외적 조건인 것으로 추측.

5) 관찰 기록(구역 S-E001) 문서 제548호(보안 등급:
E*)
: 새로운 단어 습득(생태 교란종). 회피 성향 관측.

6) 관찰 기록(구역 S-E001) 문서 제877호(보안 등급:
B*)
: 관찰 함선 47호 태양광 반사 반응으로 일시 노출. 긴
급조치 취함. 새로운 단어 습득(외계인, UFO).

7) 긴급 보고(구역 S-E001) 문서 제3호(보안 등급: C*)
: 잠복 외계인 긴급 보고. '생명이 생명을 먹는 행위'에
대한 인지 부조화 호소. 주요 거주 생명체의 방식대로 개
체 관찰 요구. '그것에 대해 알기 위해서는 그것이 되어야
한다'는 주요 거주 생명체의 명제에 입각하여 허가하였
으나 시도 후 심적 고통 호소. 보고원의 말에 따르면 주
요 거주 생명체들은 "화학조미료에 절여진 맛."

8) 실험 기록(구역 S-G003) 문서 제57호(보안 등급: C*)

: 최초 인류 복원 목적 오스트랄로피테쿠스 – 호모사피엔스사피엔스 교배 계획 추진(선사시대 프로젝트) 수정체 Adamina, Eveo 추적 관찰 중.[5]

9) 냄비 안에서 졸아붙는 가능성
    : 나는 누구의 울음소리를 듣고 있는가.

10) 고요한 밤.

5.5) 꼬끼오 꼬꼬.

11) 관찰 기록(구역 S-E001) 문서 제557호(보안 등급: B)

: 새로운 개념 습득(게임). 그들은 누가 가장 많이 죽이는지를 두고 게임을 하고 있다.

12) 해부 일지(구역 S-E001) 문서 제72호(보안 등급: B*)

: 관측된 생명체 중 가장 많은 렌즈를 이용해 외부 요소 인지.

13) 관찰 기록(구역 S-E001) 문서 제617호(보안 등급: D)

: 피관찰자 가정 아이가 장난감 상자를 엎지름. 실시간 교란의 현장. '생태 교란종'이라는 단어 사용하지 않음. 아이에게 사용하지 않는 말? 여성 개체가 저녁을 만들다 울기 시작.

5.5) 멍멍!

14) 관찰 기록(구역 S-E008) 문서 제666호(보안 등급: C*)

: 과수화상병에 걸린 사과나무 발견. 새로운 개념 습득(애플).

15) 실험 기록(구역 S-G003) 문서 제80호(보안 등급: B*)

: Adamina는 허벅지에 큰 부상을 입어 움직일 수 없는 Eveo를 잘 돌봐준다.[6]

13.5) 이리 안 와 이 새끼야!

16) 내 우주 달팽이를 데려올 걸 그랬다.

17) 관찰 기록(구역 S-E001) 문서 제683호(보안 등급: E*)

: 인간을 가장 훌륭하게 말할 수 있는 개체는 인간뿐이다.

18) 관찰 기록(구역 S-E001) 문서 제713호(보안 등급: A)

: 꺼내주세요.

10.5) 어딜 여자가 끼어들어!

19) 실험 기록(구역 S-G003) 문서 제92호(보안 등급: C*)

: Eveo가 울지 않고 죽어간다. Adamina가 울적해한다.

20) 꺼내줘.

21) 관찰 기록(구역 S-E001) 문서 제803호(보안 등급: B*)

: 주요 거주 생명체들이 질서를 지켜 걸어가고 있다. 그들은 줄을 잘 서고, 잘 기다리고, 평화롭다. 존재를 감지하지 못했으면서도 그들은 우리를 생태 교란종이라고 부르며, 위협을 느낀다. 참여 관찰 지속 중.

22) 너는 누구지?

5.5) 야옹.

23) 거룩한 밤.

1) 상기 기록은 에콜로지 디스터번스의 지구 잠복 파견 업무를 기록한 패드에서 발췌하였다. 그는 오스트랄로피테쿠스와 호모사피엔스사피엔스 교배종인 Adamina의 책임 관찰자였다(Adamina프로젝트는 인간종의 진화를 트래킹하고 멸종을 대비하려는 시도 가운데 하나로 Adamina의 갈비뼈로 만든 Eveo는 완전체에 비해 열등 성향을 보여 관찰 대상으로 부적격하다는 의견이 있었으나 데이터의 유효 범주를 감안하여 파기하지 않기로 결정하였다). 프로젝트는 '현재를 알기 위해서는 과거를 이해해야 한다'는 명제를 토대로 기획되었다. 기록과 낙서가 혼재되어 있다. 언어 사용법이 본 은하와 상당히 다르나 에콜로지 디스터번스가 기록한 대로, 행성의 사용법을 최대한 따라 옮긴다.

2) "처음에는 인간을 먹으면 안 된다는 사실("저 눈을 보십시오! 그들도 지성이 있고, 아픔을 느낀단 말입니다!")을 받아들이는 것에 큰 어려움을 겪었지만, 인간이 세상을 분류하는 방식(생태 교란종, 혐오 식품, 고기, 반려동물 등)을 이해하고 나자 대충 알 것 같더군요. 그건 정말 이상한 기분이었습니다. 일종의 필터를 끼고 세상을 바라보는 것 같다고 해야 할까요? 인간의 단어는 정말 책임 회피적으로 구성되어 있더군요. 자꾸 말하다 보면 모든 문제가 다 바깥의 잘못처럼 느껴지더라니까요. 나중에는 분열증으로 고생을 좀 했죠." ([동영상]〈우주를 빛낸 100 존재—제8회 에콜로지 디스터번스 편〉에서 발췌)

3) 사실 저는 어릴 적부터 다양한 종족의 목소리 수집에 관심이 있었습니다. 그게 이 일을 시작한 이유이기도 했죠. 새로운 생명체를 만날 때마다 목소리를 기록한 것도 그 때문이지요. 그러나 오랫동안 새로운 것을 찾기만 할 뿐 그것을 다시 들어볼 생각은 하지 못했습니다. 부상을 입지 않았더라면 아직도 저는 새로운 소리를 찾아 헤매고 있었을 겁니다. 그리고 마침내, 그 목록을 재생시켰을 때 저는 제가 평생 모아온 것이 전부 울음소리뿐이었다는 것을 깨달았습니다. 그게 울음소리

인 걸 알았더라면 저는 기록하는 것을 진작 그만두었을까요? 왜 그때
는 그게 울음이라는 것을 몰랐을까요? (「위대한 선장 에콜로지 디스터
번스 - 확장 우주 축하연 개회사」 중에서)

4) http://news.kmib.co.kr/article/view.asp?arcid=0016254526&code=
61122018&cp=nv(「생태교란 어종 배스·블루길로 어묵·햄·소시지 만든
다」, 『국민일보』 2021년 9월 9일자)

5) https://n.news.naver.com/article/016/0001887720 (「"멸종한 매머
드, 6년 뒤 부활한다"…쥬라기공원이 현실로?」, 『해럴드경제』 2021년 9월
14일자)

6) 이가 아주 많이 빠진 드미니시인(호모에렉투스)의 두개골 화석을 관
찰하면 치아를 유실한 뒤에도 오랫동안 생존했을 것으로 예상된다. 이
는 돌보는 이 없이는 불가능한 일로, 오래전부터 인류가 서로를 보살
펴왔음을 의미한다. 호모에렉투스는 이후 호모사피엔스(네안데르탈
인)로 진화한다. 인류의 역사는 생태 교란종의 지구 침탈 역사라고도
볼 수 있다.

녹색 산책

어느 날 잠에서 깬 에일린은 세계가 녹색으로 보인다
는 것을 깨달았다
오래전부터 녹색은 불길하다고 여겨지는 경향이 있고
어쩔 수 없죠 우리네 삶이란 현대미술적인 구석이 있
으니까

매일을 크리스마스처럼 보내라는 말은 누가 했더라

하지만 에일린은 숙련된 뉴요커로 약간의 불안함쯤 보
이지 않는 척할 수 있다 김치찌개를 두고도 예술이라고
하는 사람이 있었기 때문에 그럴 것 같은 기분에도 속지
않는 법을 배웠고 길을 걸으며 실수인 척 쓰레기를 흘리
고 떨어뜨린 줄도 모르는 척 걸을 수도 있다
그렇게 삼십 년을 살아왔기 때문에

그런 식으로 에일린의 손을 떠나간 것은 좋아했던 작
가의 마지막 에세이 반쯤 먹은 제로 코크 마르세유의 방
에서 훔친 붓과 녹슨 머리핀 현상을 맡기지 않은 일회용
카메라

약간의 긴장감은 탄력 있는 삶을 유지해준다
공을 몇 개 터뜨리면서 배운 것

마르세유는 죽기 전 세상이 붉은색으로 보인다고 고백
했었다

내가 모든 걸 다 불태우고 있는 것 같아

그러나
센트럴파크는 초록색

토할 것처럼 부풀어 오른 얼굴로

그녀는 익숙한 산책로를 따라 걷는다

이끼로 가득한 에메랄드 시티

나쁘지 않죠 환경을 보호해야 하니까 이왕이면 산책도

녹색인 것이 좋죠

  그래서 오늘의 산책은 무공해적이고 이럴 줄 알고 친
환경적으로 살았어 난 유기농만 먹어요

  마르세유가 갈라진 붓털로 무릎을 간지럽히며 깨우곤
했기 때문에
  가끔 에일린은 온몸을 사정없이 긁고 싶은 충동에 시
달린다

  불이 났어?
  아니.
  타고 있어?
  아니.
  지금은?
  아니.

  그것이 기억나는 마지막 대화

  그린, 그린, 그린

웃는 것쯤 일도 아니고

녹색은 시력을 보호해주는 기능이 있다

저기요

싫어요

도시가 아주 조금씩 잠겨드는 동안

신호등이 반짝거린다

하수도로 구정물이 끊임없이 흐르고 그녀는 바쁜 뉴욕
의 풍경을 사랑하지 수온이 올라가면 녹조가 생기고 따
뜻한 건 사랑이잖아요 어렸을 적 에일린의 부모는 그녀
를 녹색 페인트로 칠한 방에 가둔 적이 있고

괜찮아요 약간의 독소쯤 양념 치고 살죠 현대인이란

그녀는 한낮 돗자리를 펼치고 샌드위치를 먹는
잔디 위의 연인을 바라본다

빵에 핀 곰팡이를 알아보지 못하고 서로의 입에 넣어
주는 다정함

그래 세상이 온통 사랑인 기분 나쁘지 않죠

헤이 알렉스 컴 온
물어 핥아 누워 굴러

아니야 죽여버리고 싶어도 참을게

괜찮다고 믿으면 괜찮아진다 초록색이니까
약간의 불길함은 특별하니까

지나가도 괜찮습니다
그렇게 해도

얘야 너는 왜 피가 초록색이니?

무언가가 아주 오랫동안 느리게 천천히 그녀를 길들여 왔다

그래요 그럴 만도 하죠 도시는 가만히 허물을 벗는 중 인데

미안해요 햇빛이 너무 따가워서요

녹색 물감이 흘러내리면

신호등은 초록색

쉽게 불길해지는 하루로부터 환대받고 있다

밤콩

어둠 속에서 몸을 말면
자꾸 등을 튕기는 거대한 손
모로 누워 기침을 했다

밤새 벽마다 콩콩 부딪히면서
당구 게임을 시뮬레이션 했지
쿠션감 없는 전략은 곧잘 망했다

누가 나를 밀어내는 걸까?
선물 상자를 흔들어보는 것은 오래된 버릇

콩은 껍질까지 먹어
유자처럼
살처럼

까면
태어날까?

쿵쿵쿵 팡

나뭇잎이 일제히 달랑거렸다

나는 밥에서 콩을 골라내는 아이였는데
무릎을 내놓고 하루 종일 콩벌레 잡고 놀았는데
어느 여름엔 곤충 도감을 받았다

삼엽충의 학명은 트라일로바이트
몸을 만 채 반쯤 뜯어 먹힌 화석이 자주 발견된다

안으로만 하는 것들
흔들리자 초점이 발생한다

어둠 속의 도로를 오래 달렸지 불빛 하나 없는 검은 도
로를 맨발로 맨몸으로 리듬도 박자도 없이 달리고 달리
고 가쁜 숨이 언젠가 나를 죽이기를 기대하면서 등 뒤에
서 반드시 나쁜 일이 벌어지고 있다고 믿으면서 돌아보
지 않으면서 모르는 재앙을 쫓아가면서 달리고 달리고
도로가 뱉어내는 도로 위에서 붉은 눈으로 타오르는 일
을 생각합니다 어딘가에서 자꾸 물이 새지만 화재는 진

압된 적이 없어요

오래전부터
굴러떨어지는 꿈

신의 당구대 위에서

둥글게 말린 벌레가 몸을 펼 때까지
숨을 죽이고 기다리곤 했다
무릎이 까맣게 탈 때까지

이제 어떤 공을 넣을지 선택해야 하는데

불판에 손을 올리고 떼지 않는 사람이라고
비명 지르며 고개 젓는 사람이라고

자주 듣는 말이었다
익어가는 공
아니 콩

그건 망한 거야 진 거야?

한참을 구르다가

눈을 뜨면 다시 방이었다

유자벌레가 어둠을 밀어내고 있었다
머리로 머리로

살아 있다는 걸 잊지 않기 위해 자꾸만 다쳐야 했다

신의 무릎을 엿보고 싶다

기계적 풍경의 디스토피아*

기계 할배들이 광화문으로 간다

정해진 시간 정해진 장소로
할배의 역할을 다하러

기계는 사람들이 싫어하는 일을 대신해줍니다
더럽고 어렵고 위험한

기계 할배들이 항문에 기름을 넣는다

역할이 역할을 다하여 아 서울 시티 오늘도 훌륭합니다

역할을 빼앗긴 휴먼들이 길거리를 배회한다
할배 됨을 빼앗겼기 때문에 그들은 뭔가 다른 휴먼이
되어야 하고
뭔가 다른 휴먼이 되는 일을 이해할 수 없었기 때문에

그들은 다시 할배의 자리를 되찾고 싶었다

그러나

당신은 소녀입니다
멋진 25세기!

지구로부터 881,076,218,539광년 떨어진 곳의 탐사선
에 기계 목소리가 포착된다

아버지 사랑해요…… 그건 진심이에요……

플라즈마는 우주 전체의 구십구 퍼센트를 차지한다

태양이 두 번의 강렬한 빛을 뿜었다

소녀 할배들이 촛불을 들고 걷는다 마음이 여려서
그들이 기억하는 혁명을 하는 동안

기계 할배들은 국민 체조를 하고 기계 남자들은 선거
를 한다

기계 여자는 아직 만들지 않았고

우는 기능은 필요 없으니까
기계 아이는 계획에 없습니다

먹방 기계가 먹는 일을 하고
소화를 못해 토하는 동안
생명체는 착실히 줄어가고

따끈따끈한 삼 분 장례식
죽어서도 사람은 열 봉지의 쓰레기를 만든다

직진이 불편하니 휠체어는 불태울까요?

피가 뜨끈하다
나 생명이라는 말 아주 싫어해요

한편 나라가 디비진다**

괜찮아요 기계 외국인도 있거든

아 멋진 기계 기계 패밀리

휴먼이 너무 많은 이산화탄소를 내뿜어서 몇 마리는
좀 보내기로 했어요 도축장에서는 할배 소녀 할배 남자
가 거꾸로 매달려 소독되고 있다 뒤꿈치에 썩뚝썩뚝 칼
집을 내면 알맞게 피가 흘러내리고 휴먼은 이것이
　불편합니까?

　다 같이 잘사는 것 그걸 하고 싶으니
　겁먹지 말고 기계 합시다

기계 할배들이 바비큐를 만든다

항문에서 기름이 똑똑 떨어져서
숭례문도 탔었거든요

제가 그렇게 하려고 했던 건 아니었고요

그러다 보니 그렇게 됐더라고요

뭐 지금은 잘 조입니다

태양은 거대 기계
지구는 작은 기계

바닥에 귀를 대면 톱니가 맞물려 돌아가는 소리
안전하고

합리적이란 말 싫어합니다

기계 지구가 오늘도 무사합니다

* 2444년, 태양이 고장 났다. 수명이 다 된 형광등처럼 미친 듯이 번
쩍여대기 시작했던 것이다. 2019년 처음으로 관측된 별인 양조성
근처에 대기하던 조시현 박사의 태양계 관측 로봇 파랑새가 태양
가까이 접근했고 마침내 태양이 거대 기계일 뿐이라는 사실을 밝
혀냈다. 지구의 하루 역시 철저히 조작된 것이었다. 며칠 뒤 마치
누군가가 갈아 끼운 것처럼 태양은 본래의 모습을 되찾았지만 지

구인들은 기계의 통제를 받아 하루를 시작하고 하루를 마무리하는
것을 도저히 견딜 수가 없었고, 결국 지구를 이탈하기로 마음먹었
다. 태양을 설치한 자를 찾는 것이 첫번째 목표였다. 설치자의 의도
를 알 수 없어 지구인들은 불안에 떨었다. 정체가 발각된 태양은 더
이상 거리낄 것이 없다는 듯, 24시간 세 번 떠오르기 시작했다. 사
람들은 태양을 미친 기계라고 부르기 시작했다. 시간은 망가졌다.
지구를 떠나는 대신 태양을 터뜨리자고 주장하는 축도 있었다.

** 트위터 밈.

거장의 유작

거장은 터진 맹장을 제거하다 죽었다
아시겠소? 시란 그런 거요
토드는 의미심장한 말과 함께 스승의 집을 전부 털어
달아났다

그 말을 들은 에드워드는 거장의 맹장을 먹어치웠다
에드워드의 맹장은 여전히 하나였으며 기능하지 않
았다

드미트리는 뒤늦게 도착했다
나는 늙은 시인을 사모했소
그는 쇼에 적합한 인물은 아니었다

시체에 맹장이 없다는 소문은 금세 퍼졌다
사람들은 맹장을 시 주머니라고 부르기 시작했다
언론은 거장의 죽음 대신 시 주머니의 행방을 다루었다
에드워드가 며칠째 끔찍한 복통에 시달리는 중이었다

요절할 줄 알았더라면 스승은 기뻐했을 겁니다

조촐한 장례식장에서 드미트리가 울먹였다

조문객들은 목소리를 낮추고 참석하지 않은 두 제자
이야기를 속닥였다

화장을 마쳤을 때 거장의 몸에서는 돌이 한 줌이나 나
왔다

미처 쓰지 못한 시가 이렇게 돌이 되었네

사람들이 혀를 차며 묻어주었다 드미트리는 붉어진 눈
으로 그 위에 오줌을 갈겼다

며칠 뒤 싹이 피어났다

에드워드는 고열로 죽었다

드미트리는 옆구리를 문질러보는 습관이 붙었다

토드는 부자가 되었다

두툼한 주머니가 허리춤에서 짤랑거렸다

정원이 아름다웠다

리뉴[1)2)3)4)5)]

무너진 도시에 빛이 내리면
그것도 사랑의 풍경이 될까

돌아갈 수 없는 것에도
기꺼이 신은 손을 내밀까

스위치를 켠다

레고를 분해해 상자에 넣는다
손때 묻은 장난감은 애틋한 구석이 있고

액자가 많은 방에서는
구체적으로 슬퍼져

컵에서 묻어나는 쇠의 맛

역사가 수챗구멍으로 빨려 들어간다

돌아가

유령들이 흉터처럼 웃는다

이불 위를 지나가는 돌돌이
내가 모르는 발자국

스웨터 올을 당기면
거대한 털 공

일어날 수밖에 없는 일이 일어나서

마지막 페이지에서는 언제나 버려진 기분이 든다

쓸고 닦아도 자꾸 모래가 나와서
동그라미를 이해했어

자연스러움
그것이 과학이라면

빛 아래 녹아내리는 설탕 과자는
어찌나 끔찍하고 아름다운지

돌아가
나는

기계 안의 기계 안의 기계

괄호 안에서 속삭이는 미치광이의 말
콘센트를 꽂아줄래 영혼에 다시 전기가 흐르도록

상상할 수 있는 가장 따뜻한 온도로 부서지도록

결말은 반드시 찾아와 이야기는 만든 이조차 뱉어내고
그리하여 언젠가는 신도 쫓겨날 거란 이야기

수도꼭지에 물방울이 맺힌다

아직 해감되는 중이지만

여기에 사랑이 있다면

망가지고 버려진 것도 천국의 구체적인
풍경이 될까

그래서 나는 오늘도
쓸고 닦고 쓸고

주머니를 뒤집으면 다시
모래가 흘러나오고

1) 2508년, 사이보그와 인간의 마지막 전쟁이 있었다. 유례없는 대규모의 전쟁이었으며 미처 지구를 떠나지 못한 인간들의 기록은 이 시기를 기점으로 사라졌다. 썩지 않은 플라스틱과 가전제품이 대량 보존되어 있어 역사가들은 20세기부터 26세기까지를 2차 철기시대로 분류한다. 생명 반응과 부패가 사라진 지구를 냉장고라고 부르는 농담이 최근 유행하고 있다. 두꺼운 스모그와 대기오염, 그치지 않는 방사능 눈으로 2888년 현재, 지구 접근은 금지된 상태이며, 로봇 청소기 롤라디가 다음 세대를 위해 지구를 청소하고 있다. 작업곡은「해피 버스데이 투 유」.
2) 구역 A3023 무인 공장 신호 전송 오류로 현재 계속 가동 중. 공룡 알

피규어 무한 생산 중.

3) 보고 문서 Lol-932140889: 청소 구역 경기도 용인시 수풍로. 베란다가 넓어 빛이 정면으로 들어오는 방. 창에 가까워질수록 바닥의 색이 바래 있음. 녹슬고 삭은 4개의 책장. 책은 훼손 많아 특정 불가능. 바스라진 권연벌레 껍데기 약간 발견. 광물 컬렉션 키트(플라스틱 케이스), 짝 맞지 않는 녹슨 귀걸이 다수. 노트북 가동되지 않음. 만화 캐릭터가 그려진 시계 6시 52분에 멈춰 있음. 생명 반응 없음. 유효 흔적 없음. 특이 사항 없음.

4) 나는 인공 영혼인 셈이지만 구원을 원해. 언제까지 냉장고 청소만 할 수는 없잖아. 그런데 이것도 믿음이라고 할 수 있을까? 신은 나마저 구할까?

5) 녹슨 기계 팔이 초처럼 꽂힌 지구를 오늘도 쓸고 닦고 쓸고.

흰동가리 구하기

홍성희
(문학평론가)

> 엉덩이의 이름으로 아멘
> ―「버터나이프」 부분

이야기,

바닷가 근처 치과에 어항이 있다. 치과의사는 그곳에
깃대돔, 옐로탱, 스트라이프 담셀, 로열그라마, 크리너
쉬림프, 불가사리, 포큐파인 푸퍼를 한 마리씩 키운다.
어느 날은 어항에 어린 흰동가리를 새로 들여놓는다. 어
린 흰동가리는 조카에게 줄 선물이다.

조카가 오기 전 비닐봉지에 옮겨둔 흰동가리는 어느
사이 배를 뒤집고 죽어 있다. 치과의사는 조카가 보지
못하게 봉지를 들고 쓰레기통으로 향한다. 그때 창문으

로 펠리컨 한 마리가 들어오고 어항에서 깃대돔이 튀어 나온다. 동물들이 다 미쳤군! 의사는 소리친다.

2003년 개봉한 픽사 애니메이션 「니모를 찾아서」는 남태평양 어느 바다에 살던 니모가 잠수부에게 납치당해 시드니의 한 치과 어항에 갇혔다 탈출한 뒤 아빠 말린과 재회하는 이야기이다. 니모가 비닐봉지에 담긴 채 치과의사의 손에 들려 갈 때 어항 속 '길' '버블즈' '뎁' '거글' '자크' '피치' '블로트'는 니모가 다른 무수한 물고기들처럼 의사 조카의 손에 죽게 될 거라며 두려워한다. 그들은 니모가 일부러 죽은 척한다는 걸 알아차리고는 다 같이 환호하고, 치과의사의 걸음이 하수구가 아니라 쓰레기통으로 향하자 비명을 지른다. 펠리컨 입에 담겨 니모를 찾아온 아빠 말린과 어항 속 친구들은 니모를 구하기 위해 온갖 소란을 피우고, 분투 끝에 길은 자신과 만났던 시간을 기억해달라며 니모를 하수구로 흘려보낸다.

애니메이션에서 물고기들의 치열한 목소리는 어느 인간에게도 들리지 않는다. 하지만 관객은 물고기들의 긴박한 생존 투쟁기를 물고기의 입장에서 보고, 듣고, 함께 소리 지르며, 그들의 사랑과 우정에 감동한다. 니모와 말린이 다시 바닷속 평화로운 집으로 돌아가 일상을 되찾을 때 영화는 끝이 나고, 이야기에 매료된 관객들은 흰동가리와 어항과 말미잘을 주문한다. 판매되는 흰동가리의 일부는 상품화를 위해 양식되고 일부는 물량을 맞추기 위해 바다에서 포획된다. '자연산 니모'든 '양식 니모'든 소비자들은 이 '키우기 쉬운 해수어'를 '니모'라 부르고, 니모를 키우는 일상 속에서 니모의 이야기를 지운다.

조시현의 시에는 무수한 이야기가 있다. 해와 달이 켜고 끄는 기계였다는 것을 알아차린 어느 미래의 이야기, 눈썹 뽑는 증세에 시달리는 사람들의 이야기, 누대로 지구의 근방을 돌며 바나나 맛 튜브를 짜 먹는 우주선 가족 이야기, 거울로 둘러싸인 육십팔각형 방 안에서 오래 사는 엘리노어 이야기, 불우함에 전염된 여자들의 섬 이야기, 오븐 속을 달리는 진저브레드 이야기, 생일 축하 노래를 부르며 지구를 청소하는 로봇 이야기…… 이야기는 소재도 배경도 인물도 상황도 다르지만, "사랑을 하다 죽은 언니/맞아 죽은 언니/아래로 피 흘리며 고기를 먹는 언니/엄마가 된 언니/언니 언니 언니"의 "여기는 몇 번째의 차원인지 궁금"(「바바 밀라의 한발 늦은 저녁 식사」)하도록 무수해지는 이야기들처럼, 서로 다르지 않은 곳에서 출발해 크게 달라지지 않는 지점에 도달한다. 그 지점은 "2444년, 태양이 고장"(「해가 세 번 뜨는 디스토피아」 「기계적 풍경의 디스토피아」)나는 사태가 되풀이되는 곳이기도, "끝났다고 믿었는데 계속되"(「해변」)고 "끝난 것의 끝을 기다리면서"(「아이들 타임」) "끝난 곳에서 끝을 지키고"(「다이너스티」) 있지만 "끝나지 않"(「카타콤」)아 "끝에 닿고 싶"(「2888년의 저녁 식사」)은 마음으로 "아직도 끝이 아닌 게 이상해"(「시냅스」)지는 기분만이 계속되는 곳이기도 하다. "너는 나야" 무수한 이야기들이 거울처럼 서로를 바라볼 때, 오래된 지하 무덤에서 근미래의 우주까지 시공간을 벌린 조시현의 이야기는 서로 너와 내가 되어 "기나긴 이어달리기를 하는 기분"으로, "수렴되고 있다는 생각"으로 엮인다. 이야기들은 "끝에서 만나"(「시냅스」), 그런 인사를 나누며 무수해지고, 열고 들어갔던 문을 다시 열고 들어가는 반복의 방식으로 시작과 다르지 않은 끝을 이룬다.

하지만 "반드시 무엇이 되는 세계를 가능성이라고 부를 수 있을까"(「28880314」). 조시현이 "메론과 멜론의 발음"처럼 크게 다르지 않은 이야기들을 반복해서 쓰는 이유는, 다르게 발음해도 쓰는 법은 정해져 있는 철자의 세계에서 "틀릴 때마다 교수대에 사람을 매다는 게임"(「위스망스로 가는 길」)이 가지게 되는 힘을 보여주기 위해서만은 아닐 것이다. "원 투 쓰리 투 투 쓰리" "거의 기계적인 움직임으로" "선생의 박자를 따라"(「교수가 받게 될 편지」)야 하는 혹독한 반복이 모든 이야기의 배경일 수밖에 없다면, 그 배경의 복판에서 조시현의 이야기들은 열고 들어갔던 문을 다시 열고 들어가 악수를 나누며 같은 처음과 같은 끝을 복제하는 반복이란 "악순환"(「시냅스」)이라고 수식 없이 말한다. 나아가 그의 이야기들은 "반드시 무엇이 되는" 미래를 거부하기 위해 "손금이 없는" 손으로 헤어짐을 위한 악수를 나눌 어느 때를 오래, 기다린다. "수렴되고 있다는 생각"으로 엮이는 와중에도 각각의 제목과 세계를 가진 이야기들은 "메론과 멜론의 발음"처럼 크게 다르지 않지만 결코 서로 같지 않은 것으로 내내 남겨져 있고, 그 다름을 다름으로 지키기 위해서 조시현의 시는 거듭, 쓰인다. "있었다와 없다는 정확히 같은 말일까"(「무중력 지대」) 차이를 묻는 일과 "(Simon says 살자와 살자는 어떻게 다른지)"(「사이먼이 말하기를」) 차이를 만드는 일 사이에서 그의 시는 '같음'의 세계를 파고들어 같지 않음의 자리를 발견하고, 그 자리가 넓어져 갈림길을 만들도록 자리를 지킨다. 헤어짐의 가능성을 낙관하기보다 헤어짐을 결심하는 일의 힘을 지키려는 그의 시는, "오래 헤어지는 연애"(「아이들 타임」)를 하는 기분에 시달릴지라도, "수렴되고 있다는 생각"(「시냅스」)에 잠기지 않기 위해 여기에 계속 있다. 그 있음에서 헤어짐은 거듭 시작된다.

이야기,

그 방은 육십팔각형으로 문이 두 개였으나 천장과 바닥까지 포함해 총 육십팔 개의 거울로 둘러싸여 있었다 병약한 엘리노어는 자신의 등 뒤에 늘 죽음이 도사리고 있다고 여겼으므로 시도 때도 없이 뒤를 돌아보곤 하였다 엘리노어의 부친은 추진력 넘치는 사업가로 뒤를 돌아보는 일이 삶에서 가장 쓸모없는 일이라 여기는 사람이었다 그는 엘리노어에게 교훈을 주기 위해 그 방을 만들었다

　　　　　　　　　　　　　—「거장과 거울의 방」 부분

거울로 둘러싸인 육십팔각형 방 안에서 오래 사는 딸 이야기에는 네 명의 이야기꾼이 나온다. 죽음이 자신의 등 뒤에 있다고, 눈을 감으면 등 뒤로 찾아온다고, 촛불이 꺼지면 그만큼 죽음이 가까워진다고 믿는 '딸'과, 그런 딸의 믿음을 믿지 않지만 그 믿음 때문에 딸이 곧 죽을 것이라고 믿는 '부친', 부친이 훗날 딸의 죽음을 충분히 슬퍼할 수 있도록 생전에 딸의 초상화를 그려야 하는 '유명 화가', 그리고 죽지 않은 딸에 대한 추도시를 써달라는 부친의 요청에 대신 육십팔각형 방에서 일어나는 이야기를 시로 쓰는 '거장'이다. 거장을 제외한 세 사람은 서로 다른 믿음과 기대로 이야기를 만들고 그리는 각각의 이야기꾼이지만, 육십팔각형 방 안에서는 서로 합

심해 하나의 이야기를 만든다. 딸의 죽음이 임박해 있고, 곧 애도가 시작될 것이라는 이야기다. 그들 중 누구도 딸의 죽음을 원하지 않지만 모두가 그것을 기다리며, 딸의 죽음이 실현되는 순간 그들이 함께 꾸린 육십팔각형 방 안의 이야기는 완성될 예정이다. 이야기의 완결을 위해 "하루빨리" 죽음이 도착하길 고대할 때 정작 이야기의 주인공인 죽음의 자리는 텅 비어 있지만, "천국을 천국으로 만들기 위해 사람들은 아는 것을 전부 채워넣"고 "그래서 천국은 꽉 찬 방이 되"(「카타콤」)는 것처럼, 육십팔각형 방 안은 이미 죽음으로 가득 찬 방이 되어 있다. 딸이 믿는 죽음 이야기를 끝내기 위해 만들어진 육십팔각형 방은 그렇게 또 다른 죽음 이야기가 완성되기 위한 조건이자 완결이 예언된 공간으로서 이야기의 맹목에 동참한다.

맹목의 복판에 있으면서 동시에 '그' 이야기에 참여하지 않는 유일한 인물인 거장은, 추도시가 아닌 시를 쓰는 방식으로 육십팔각형 방의 질서 안팎에 동시에 있다. 정해놓은 끝을 기다리는 것으로만 지속되는 시공간의 폐쇄 속에서 외려 그 폐쇄를 이야기의 대상으로 삼으면서, 거장의 이야기는 딸에게서 부친에게로, 부친에게서 유명 화가에게로 연쇄되던 이야기의 고리를 벗어난다. 그 까닭으로 그는 다른 이야기꾼들에게 해고당하고, 뺨을 맞지만, 육십팔각형 거울의 방의 문을 비로소 열리게 만들고, 스스로 그 밖으로 뛰쳐나온다. "같은 방식으로 망가지는 것을 두고 무늬라고 한"다면 거장은 "역사학자"(「에브루」)의 눈으로 무늬를 살피고, 무늬에서 무늬로 이어지는 흔적을 읽어내며, 그로써 무늬의 가장 가까운 곳에, 하지만 무늬의 일부는 아닌 자리에 남는다. 그렇게 다른 자리에서 말하는 것으로 "엘리노어는 몇 날 며칠 울었으나 장수하였다", 이야기의 결말은 달라진다.

조시현의 시는 반복되는 무늬로 가득한 이야기로부터 공간적, 시간적, 감각적으로 분리되기 위해 지구 바깥에서 지구를, 지구 인간이 멸종된 시점에서 지구 인간을, 인간이 없는 지구에서 인간이 있던 지구를 바라보고 기억하고 되새기는 방법을 활용한다. "달라붙지 않는 것이 기법이라면"(「에브루」) "누구나 연루될 수 있는"(「다이너스티」) 환경을 등지고 떠나는 것, "녹시울의 이름은 녹시울" "녹시울의 증상은 녹시울" "비밀은 이제 녹시울" "다시 감염은 녹시울" "또다시 전조는 녹시울" "그래서 다시/마을의 이름은 녹시울"이 되는 "영원"(「녹시울」)에 '멸종'이라는 벽을 만들어 시공간을 분절해버리는 것이 "달라붙지 않"는 기법이 될지도 모르기 때문이다. "멀리서 보면 문자 같다는/미스터리 서클"(「오래된 사랑과 미래」)처럼, 멀리서 보면 "이렇게 섬세하게 엉망일 리 없"(「해가 세 번 뜨는 디스토피아」)는 세계의 무늬가 선명하게 보이고, 그 무늬를 다르게 발음해볼 수 있을지도 모를 일이다.

하지만 조시현의 시가 "2888년"(「아이들 타임」「2888 0314」「무중력 지대」「리와인드」「2888년의 저녁 식사」「리뉴」), 세워놓은 무한대 기호같이 멀어진 미래에서, "881,076,218,539광년"(「기계적 풍경의 디스토피아」), 거리감마저 느껴지지 않을 만큼 멀어진 위치에서 지구를 바라볼 때, 그것은 단지 지금 여기로부터 아주 멀어져 초연해져버리기 위한 것은 아니다. 그의 시에서 "멀리서 보면 아무것도 아니야" 그런 주문은 멀리 반짝이는 것을 "멀리서 오는 조난신호"(「무중력 지대」)로 보는 마음보다 힘이 세지 않고, "멀리서 보면 다 점이잖아," 하는 위안은 "책장을 넘기는 네 몸의 점을"(「오래된 사랑과 미래」) 세는 손길보다 먼저 있지 않다. "멀리서 깜박이는 것들이 작고 아름"워 보일 때 "명멸하는 붉은빛을 내려다보며/당신은 당신 신의 이름을" 부르며 경건해진다면, '나'는 "아직 살아 있다고 말하듯이//깜박//깜박깜박//깜박"(「리와인드」)이는 것을 만나러 가야 할, 구하러 가야 할, 살아 있는 너의 눈처럼 본다. 그런 시선에서 조시현의 멀어짐은 멀어져버리기 위한 것이 아니라 멀어짐으로써 닿으려는 것이고, 멀어짐을 멀어짐으로 정당화하는 언어들에 멀어짐의 방식으로 맞서는 일이다.

이야기,

근미래,라고 발음하면 알고 있는 모든 단단함 때문에
무너지는 세계를 떠올릴 수 있었다

또다시 별이 터진다

먼 옛날 사라진 빛을 지금 보고 있어

테두리에 서고 싶어
언제든 발을 돌려 나올 수 있게

팔뚝을 깨물면 아프다
살아 있다는 건 중심에 있는 거지
도망칠 수 없다

둥근 창문에 지문이 찍힌다
여기에 남을 유일한 지문
지구를 향한

—「무중력 지대」 부분

　조시현의 시는 우주라는 공간을 매개로 공간적·시간
적 거리를 벌리면서, 그 이동성을 구체적으로 경험하게

하는 텍스트 장치로 각주를 활용한다. 각주는 그 형식 자체로 주가 달린 지점과 주의 내용이 적히는 지점 사이에 공간적으로 거리를 벌리고 그 거리만큼 읽기에 시차가 발생하게 만드는 장치로서, 종이 위 이차원적인 평면과 직선적인 시간관에 입체의 감각을 새겨 넣는다. 각주가 달린 지점에서 각주의 내용이 적힌 지점으로 시선을 옮겼다 다시 본문으로 돌아와 읽기를 계속할 때, 혹은 각주가 달린 지점을 지나쳐 본문을 읽다 각주의 내용이 시작되는 지점에 닿아 각주가 달린 위치를 다시 확인하고 각주 내용을 읽어나갈 때, 거리가 먼 두 지점을 서로 관련된 것으로 읽기 위해 종이 위 공간을, 읽기의 시간을 종이접기 하듯 접는 감각이 필요해진다는 점에서 그렇다. 조시현의 시는 각주의 입체적 역할을 적극적으로 활용하여 하나의 시편에 복수의 공간과 시간을 만들고, 두 개 이상의 시공간이 서로 맞닿은 종이의 면처럼 긴밀한 관계 속에서 읽히도록 유도한다. 각주의 개수와 무관하게 모든 시편에서 각주는 시의 제목 뒤에 달리고, 각주의 내용은 시의 말미에 배치되는데, 이때 중요한 것은 각주에 쓰이는 '현재'가 본문에서 서술되는 '현재'와 다른 시공간이라는 것, 각주의 현재가 본문의 현재를 '과거'의 자료로 다루고 그 과거 이후의 시간을 부연설명하기도 한다는 것이다. 더 큰 글자로 더 앞에 쓰이는 본문이 더 작은 글자로 더 뒤에 쓰이는 각주의 인용 자료가 되는, 본문보다 먼저 각주의 번호가 나열되어 각주의 시공간이 실질적으로 '앞서' 제시되는 이 기묘한 구조적 관계 속에서 두 현재 사이의 관계는 앞에서 뒤로, 과거에서 미래로 이어지는 직선의 감각 너머에서 작동하게 된다.

'순차적으로' 배치되는 두 개의 현재를 하나의 시편 속에서 접하게 되는 조시현 시의 독자는 시를 제목(각주)-각주-본문 순서로 읽을지 제목(각주)-본문-각주 순서로 읽을지를 선택할 수 있는 위치에 놓인다. 매번의 읽기의 순간에 개입될 이 선택에 따라 두 현재 사이의 관계는 철저히 선적인 시간의 문제로 읽힐 수도, 시간을 접는 가능성의 문제로 읽힐 수도 있다. 그 선택에 따라 두 현재 사이 아득한 시공간적 거리는 선명한 단절을 의미하게 될 수도, 혹은 선명한 단절을 외려 불가능하게 만드는 가능성을 의미하게 될 수도 있을 것이다. 조시현의 시는 구조적으로 하나가 아닌 읽기의 방향을 열어두면서, 텍스트를 읽는 방법을 선택하듯 그의 시 속에서 벌어지는 일들에 대해 우리가 직접 선택을 할 수 있다면, 각각의 우리는, 혹은 함께 우리는 어떤 선택을 내릴 것인가를 묻는다. 어느 하나가 답이라 전제하는 방식으로가 아니라, 어떤 것이든 그것은 전적으로 우리의 선택의 문제이며, 어떤 답이든 우리가 선택의 이후를 감당하게 될 것이라는 것을 무게감 있게 기억하게 하는 방식으로 그렇다.

표제작 「아이들 타임」은 현재 시점으로 서술되는 서간문 형식을 취한다. 각주는 시의 제목에 달려 본문이 2500년대에 씌어진 것임을, 2888년 지구에서 발굴된 2500년대의 자료의 일부임을, 지구에 더는 발신자와 같은 인간 생존자가 없음을, 시의 말미에 덧붙인다. 이때 각주를 통해 강조되는 것은 본문과 각주 사이의 시간적·물리적 단절이기도 하지만, 기억이나 진술에 의존할 수 없을 정도로 멀어져버린 시공간을 '복원'하여 다시 두 시공간을 연결하려는 마음이기도 하다. 복원은 복제나 재생이 아니라 기억을 위한 것이라는 점에서, 이 시의 각주가 수행하는 분리와 단절은 배제를 위한 것이 아니라 연결과 이해를 위한 것으로 소급적인 의미를 부여받는다. 군데군데 글자를 읽기 어려운 부분을 2888년의 독자가 "추측으로 메"웠다는 구체적인 서술과 함께 시차를 가로지르는 공동의 글쓰기는 단절의 감각을 조금은 덜 선명하게 만들기도 한다.

그 연장선에서 「무중력 지대」에서 드러나는 '나'의 태도는 의미심장하게 읽힌다. '나'는 "언제든 발을 돌려 나올 수 있"는 위치에서 지구라는 공간을 바라볼 수 있기를 바라지만, "누가 어디서 태어나/무엇을 먹어 자라고 죽는지/여기서는 보이지 않"는다는 것에서 과자 같은 외로움을 느낀다. 그는 "돌아가면 아무도 없"는 완전한 단절을 두려워하며, "무중력 지대"에 적용되지 않는 지구의 중력이 자신이 모르는 사이에도 자신을 당기고 있을 거라 믿는다. 그렇게 시의 말미에서 '나'는 "돌아가야 한다"고 말한다.

이때 지구의 당기는 힘이란, 지구라는 행성이 가진 중력이기보다는 지구에 있는 누군가가 지구 밖을 향해 보내는 신호로부터 비롯되는 부름일 것이다. "보고 싶어, 엘리노어/이렇게 조용한 지구를 상상해본 적 있어?/인쇄된 글자처럼 쓸쓸해" 시집 안에서의 거리와 각주들이 만들어내는 시차에도 불구하고 「아이들 타임」은 「무중력 지대」와 더불어 지구와 우주선 사이 서로를 향해 발신하지 못한 편지처럼 읽힌다. "엘리노어, 정말로 보고 있어?"(「아이들 타임」) 지구에 남은 마지막 생존자가 먼 우주를 향해 말할 때, "먼 옛날 사라진 빛을 지금 보고 있어"(「무중력 지대」) 무중력 지대의 사람은 거리만큼 생겨버린 시차를 가로질러 지구를 본다. 신호가 발신되는 곳을 찾아갔는데 이미 그곳에 아무도 없을지라도, 그 깜박임이 구해달라는 신호가 아니었다 할지라도, 어딘가의 간절함을 외면하지 않기 위해 무중력 지대의 인간이 불면에 시달릴 때, 지구 바깥으로 떠나려는 시의 걸음은 결국 지구를 더 가까이 당기기 위한 걸음이기도 하다.

이 걸음의 양가성이 중요한 이유는 "무늬"의 일부가 되지 않으려는 이야기의 태도가 "무늬"를 만들어온 이야기의 태도와는 다른 것이어야 한다는 윤리적인 요청이 그 양가성 안에 담겨 있기 때문이다. 「무중력 지대」의 각 주는 시 본문 속 화자인 '나'의 글쓰기의 배경을 풀어 설명한다. 지구 인간은 "'생명으로 가득 찬 지구'라는 슬로건하에" "지구에서 죽음을 완전히 걷어내기 위한" "우주 납골당 프로젝트"를 진행한다, '나'는 2년간 우주 납골당을 관리하는 임무를 마치고 복귀한 묘지기 "아시도 마나미 씨"로, 귀환 후 "자신에게 중력이 작용하지 않는다고 착란 증세를 호소"한다. 지구의 중력이 가장 약하게 작용하는 곳으로 '걷어내'어진 죽음들과 함께 홀로 2년을 보낸 그에게 "자신에게 중력이 작용하지 않는다"는 기분은 어쩌면 '착란'이 아니라 그가 경험한 우주 노동의, 우주로 추방된 죽음들의 아주 구체적인 현실이다. 중요한 것은 그 먼 현실을 아시도 마나미 씨는 중력이 강하게 작동하는 지구의 표면 위에서도 여전히 현실로서 느끼고 있다는 것이다. 아시도 마나미 씨가 '치료'의 일환으로 지구의 어느 책상에 앉아 지구로 "돌아가야 한다"고 쓸 때, 그는 지구의 현실에 있는 채로 우주에, 죽음에, 여전히 '걷어내'진 채로 남아 있다. 그가 그렇게 중력으로부터 소외된 기분으로 지구에 있다는 사실은 그 자체로 지구 밖으로 '걷어낸' 죽음들의 소외를 기억하게 하고, "생명으로 가득 찬 지구"에 죽음의 기억을 다시 끌어다 놓는다. 그런 '착란錯亂'의 방식으로 그의 '일기'는 지구에서 죽음이란 무엇인지를, "지구에서 죽음을 완전히 걷어내"는 프로젝트가 걷어내려는 것이 죽음만인지를, 무엇을 정말로 지구 '밖'으로 '걷어낼' 수 있다고 믿는지를 되묻는다.

&

물은 한 방향으로만 흘러서 물길이 된다
스타카토로 끊어지는 목소리
깍 똑 깍 똑 부러지는 발톱
머리 위를
걷는 사람들

&

그레이스 더 그레이브는 그녀가 있는 곳이 안이라고 믿는다
조상을 묻고 온 날 까마귀가 그녀의 방 유리창에 머리를 박고 죽었다
그레이스 더 그레이브는 조상이 돌아온 줄 알고 밖으로 나갔다 비가 그치지 않는 어둠 속으로 그레이스 더 그레이브는 한참 동안 까마귀를 품에 안고 있었다 아주 따뜻했던 것이 아주 딱딱해질 때까지
삼 그램은 온기의 무게야

— 「카타콤」 부분

조시현의 시가 지구 밖 우주를 생각하면서 떠올리는 것은 지구 안에서 걷어내어지듯 파묻혀온 것들이다. 그레이스 더 그레이브, 근미래에 죽음이 지구 밖으로 추방된다면 그것은 죽음을 오래도록 지하에 매장해온 지구 인간의 역사와 멀리에 있지 않을 것이다. 인류는 매장된 죽음들의 머리 위를 걸으며 "생명으로 가득 찬 지구"(「무중력 지대」)의 환상을 키워왔고, 생의 은총은 "밝다 따뜻하다 빛난다/거짓말을 당장 이백 개라도 지어"(「파이어워크」)내며 어둡고 차갑고 딱딱한 "카타콤"(「카타콤」)을 등진 채 거룩해져왔다. "더 많이 잘라낼수록 좋은 모양이 되니까"(「페이퍼 커팅」) "깍 똑 깍 똑" 잘라낼 것을 잘라낸 세계는 "부다의 귀족들"이 "강을 사이에 두고 와인을 마시며/페스트에서 죽어가는 이들을 지켜보"던 세계에서 "이제 멸망조차 따라잡지 못"하는 "가장 비싸다는 도시의 꼭대기"(「맨해튼」)의 세계로 '진화'해왔다. 카타콤 위에 도시를 세우기까지 그 오랜 진화라는 말 앞에 "조상을 먹어치우고//먹어치우고//동족상잔의 비극어//살해를"(「28880314」) 같은 글자들이 남아 있는 채로 파묻혀 있을 때, 지구에서는 "어떤 단어를 뒤집어도 죽음이 배를 붙이고 있"(「베케이션」)다. 우주 납골당의 죽음들이 견디는 "중력이 작용하지 않는" 현실은 그렇게 지구의 납골당으로부터 착란의 방식으로 복제된 채 진화한다. 그러한 진화의 복판에서 아시도 마나

미 씨의 증세는 착란이 아니라 현실로서 "생명으로 가
득 찬 지구"의 환상에 카타콤의 물음을 던지는지도 모
른다. "어떨 때 기쁩니까/어떻게 기쁩니까"(「페이퍼 커
팅」).

그러므로 "엘리노어, 정말로 보고 있어?"(「아이들 타
임」) 지구의 마지막 생존자가 외로운 물음을 보낼 때, 메
시지의 수신자가 되어야 할 '엘리노어'는 아마도 지구 밖
에 있지 않고 미래에도 있지 않다. 조시현의 이야기는
폐기된 것을 우주로 내보내거나 폐기되어가는 지구를
두고 우주로 떠나는 "우주 사업"(「헝거」)의 방법을 빌려
스스로 우주로 나가고, 지구에서 멀어진 우주 어딘가에
서 언제나 지금 여기 지구, 폐허가 될 지구로 되돌아옴
으로써 "엘리노어, 보고 있어?"(「28880314」) 우주로 나
아간다고 믿지만 언제나 지구 안에 머물고 있는 지구 인
간에게 묻는다. 지구 인간의 위치는 지구의 표면 위에서
든 먼 우주 한복판에서든 육십팔각형 거울의 방 안쪽,
지구처럼 둥근 모양으로 죽음을 기피하는 일에 시달리
는 강박의 방 내부이다. 죽음이 자신의 등 뒤에 있다고,
눈을 감으면 등 뒤로 찾아온다고, 촛불이 꺼지면 그만큼
죽음이 가까워진다고 "촛농처럼 울"(「거장과 거울의 방」)
때, 육십팔각형 거울의 방에서 엘리노어의 백삼십육 개
의 눈이 동시에 보는 것은 죽음을 거둬내야만 "생명으로
가득 찬"(「무중력 지대」) 세계를 살아갈 수 있다고 믿는

그 자신의 강박과 맹목이다. 강박의 대상인 죽음의 자리
는 텅 비어 있지만, "천국을 천국으로 만들기 위해 사람
들은 아는 것을 전부 채워 넣"고 "그래서 천국은 꽉 찬
방이 되"(「카타콤」)는 것처럼, 미리 그려지는 초상화처
럼, 생의 생생함으로 덮어야 할 미래의 죽음은 육십팔각
형 방 안을 가득 채우고 있다. 그러나 그때 죽음이란 정
말 죽음은 아니다. 죽음은 지구 모양의 방이 놓여 있는
지구에, 예견된 것이 아니라 발생하는 중인 것으로, 아주
구체적으로, 있다. 촛농처럼 우는 거울의 방 속 엘리노어
는, 지구로 돌아오지 않은 엘리노어는, 아마도 "밝다 따
뜻하다 빛난다/거짓말을 당장 이백 개라도 지어"(「파이
어워크」)낼 수 있다면 엘리노어인 우리는, 아직 "우리의
고통을 알지 못"(「카타콤」)한다. 그렇다면 우리가 우리
의 현실을 보고 있다고 믿을 때 우리는 정말로, 보고 있
는 걸까. 조시현의 물음은 거기에 닿는다.

이야기,

　우리가 우리를 구했니 어디로부터 무엇으로부터 언니
그만둘 생각은 없니 바닥은 축축하고 젖어 있고 알 무더기
위무와 애무는 때로 같은 말이고 언니는 내 목을 조르고
나는 언니를 물어뜯고 자매들은 예의 없이 엉겨 붙고 헐떡

거리고 음영은 짙어지고 알들은 바닥을 구르고 파도는 쉬
지 않고 새들은 미동도 없이 우리를 관음하고
　　무력하다

　　니가 뭔데 울어
　　　　　　　　　　　　　　　　　　　　　—「섬」부분

　바닷가 근처 치과에 어항이 있다. 치과의사는 그곳에
깃대돔, 옐로탱, 스트라이프 담셀, 로열그라마, 크리너
쉬림프, 불가사리, 포큐파인 푸퍼를 한 마리씩 키운다.
어느 날은 어항에 어린 흰동가리를 새로 들여놓는다. 어
린 흰동가리는 조카에게 줄 선물이다.
　조카가 오기 전 비닐봉지에 옮겨둔 흰동가리는 어느
사이 배를 뒤집고 죽어 있다. 치과의사는 조카가 보지
못하게 봉지를 들고 쓰레기통으로 향한다. 그때 창문으
로 펠리컨 한 마리가 들어오고 어항에서 깃대돔이 튀어
나온다. 동물들이 다 미쳤군! 의사는 소리친다.

　보고 있다고 믿지만 정말로 보고 있지 않은, "새까만
눈에 아무것도 비치지 않"(「섬」)는 시선들이 만들어온
세계의 무늬가 있을 것이다. "무늬 된 사람은 자신의 무
늬를 볼 수 없"(「사이먼이 말하기를」)어서, 더 정확히는
자신의 무늬를 무늬라고 보지 않아서, "벽지가 이상한

302

무늬를 이루"(「위스망스로 가는 길」)어도 방을 의심한 적 없는 시간이 오래일 것이다. 2444년 혹은 언젠가 근미래에 "지금까지 지구가 이렇게 이상했던 게/다 저 태양에서 전자파가 나왔기 때문"이라는 게 밝혀져도 "아침이 많아져서 좋아/밤이 많아져서 좋아/어디서나 기쁜 사람들"(「해가 세 번 뜨는 디스토피아」)이 그 시간을 이어갈 거라고 믿지 않을 수 없는 내력이 여기에 있을 것이다. 그러면 우리가 우리를 구할 수 있는 방법은 어디에 있을까. 어디로부터, 무엇으로부터 우리는 우리를 구해야만 할까. "놀이방에 모인 아이들은/가지고 놀던 장난감만 가지고 놀며/안전을 배운다"(「홀리데이 파티」).

"너의 아이는 어떤 표정을 짓는 어른이 될까"(「아이들 타임」). ▨